柑橘ゆすら
Yusura Kankitsu
ill. 青乃下
Shimo Aono
4
史上最強の
魔法剣士、
Fランク冒険者に
転生する
剣聖と魔帝、2つの前世を持った男の英雄譚

リコ・グラネス
ユーリの冒険者仲間。
水の都に共にクエストに向かうことに。
アイザワ・ユーリ
最強の実力を秘めながらもFランクに
留まり続ける自由な冒険者。

アクア
水の巫女たる精霊。
ユーリとはなにか繋がりが
あるようで…？
クラリス・アプリコット
リコのことを「お姉さま」と
過剰に慕う騎士団員の少女。
マリウス・ユーバッハ
世界屈指の実力を持つ宮廷魔術師。

「ブラックホール」
そこで俺が使用したのは、今朝に習得したばかりの無属性魔法（上級）に位置するブラックホールであった。

「「…………!?」」
リコとクラリス。
その衝撃に、顔色を失ったのは、
二人ほとんど同じタイミングであった。
「な、なんですの……!
この禍々しい魔法は……!?」
「ど、どういうことだ……。
川の水が、どんどん
吸い込まれていくぞ……!」

「剣聖秘奥義！
三ノ型――《三叉連撃《トライデントクロス》》！」

剣聖秘奥義とは、《剣聖》時代に俺が編み出した合計で七つの剣技である。
その難易度は数字が上がるごとに向上していく。
三ノ型――《三叉連撃《トライデントクロス》》は、全力の一撃を同時に三回与えてやるという、ある種の矛盾を孕んだ剣技である。
この剣技を使えるのは、全ての能力を三倍にするという『英雄の記憶』のスキルを持った俺くらいのものだろう。

CONTENTS

プロローグ 夢のお告げ 010

1話 水の都のクエスト 015

2話 入団試験 032

3話 騎士団試験(剣術) 048

4話 騎士団試験(魔法) 058

5話 夜の襲撃 071

6話 竜の刺客 107

7話 ドラゴン・ポート 129

8話 リコの誓い 153

9話 特異点に入る 163

10話 水の巫女のお告げ 218

エピローグ ユーリの矜持 233

ダッシュエックス文庫

史上最強の魔法剣士、Fランク冒険者に転生する4

～剣聖と魔帝、2つの前世を持った男の英雄譚～

柑橘ゆすら

プロローグ　夢のお告げ

To tell the truth, F-rank mage swordsman is the strongest!

ここはどこだろう。

不意に俺の視界に入ったのは、何やら、この世のものとは思えない神秘的な光景であった。

「ユーリ……。アイザワ・ユーリ……」

俺の名前を呼んでいる声がする。

女の声だ。

ここは、水の中、なのか？

周囲には見慣れない魚が泳いでいて、水底から生えた植物からは時々、ブクブクという泡《あわ》が水面に向かって上がっている。

「良かった……。目を覚ましてくれたのですね」


その時、俺の視界に入ったのは、この世のものとは思えない絶世の美女であった。

うーん。何故だろう。

この女、どこかで見たような気がするんだよな。

思い出せない。

俺の名前を知っているということは、おそらく面識があるのかもしれないが、どこで出会った人間なのかサッパリ覚えていない。

「ワタシは今、残された最後の魔力を使って、寝ている貴方《あなた》の脳内に直接語り掛けています」

寝ているということは、ここは夢の中ということなのだろうか。

たしかに先程まで俺は、自宅のベッドで横になっていたような気がするぞ。

「今直ぐに、水の都《ルミナリア》に向かって下さい！　さもなければ世界は破滅を迎えることになるでしょう」

それだけ言うと、女の姿は水の中に溶けるようにして消えていく。
世界の破滅？？？
一体、何を言っているんだ？
詳しい説明を聞こうとも肝心《かんじん》の女は、完全に姿をくらましてしまったようである。
うぐっ……。
な、なんだ。急に息が苦しくなってきた。
水の中、といっても、ここは夢の中なんだよな？
どうして呼吸ができなくなってしまったのだろう。
ガバッ！
目が覚めた時、俺にとっての些細《ささい》な謎は解けることになる。

「キュー！」

どうやらスライムが顔面に張り付いていたようだ。
そこにいたのは、長らく付き合った相棒、スライムのライムの姿であった。

「ライム。お前の仕業《しわざ》だったのか」

「キュー！」

道理で、夢の中でも、息苦しくなったはずである。

んん？

夢か。そう言えば俺は、先程まで夢を見ていたんだよな。

なんだか誰かに大切な話をされたような気がするのだが、詳しい内容までは思い出すことができないぞ……。

まあ、所詮《しょせん》は夢の中の話だからな。

あまり気にする必要はないのかもしれない。

【スキル：無属性魔法（上級）を獲得しました】

その時、俺はステータス画面に新しいスキルが追加されているのを確認する。

おお。無属性魔法か。

この魔法を習得するのは、随分《ずいぶん》と久しぶりのような気がするな。

無属性魔法の取得条件は、この世界に転生してからの滞在時間に依存していたはずである。

この魔法の上級スキルを獲得したということは、それだけ俺も、この世界での生活に慣れてきたということなのかもしれないな。

アイザワ・ユーリ
固有能力　魔帝の記憶　剣聖の記憶
スキル　剣術（超級）　火魔法（超級）　水魔法（超級）　風魔法（上級）　聖魔法（上級）
呪魔法（超級）　無属性魔法（上級）　付与魔法（上級）　テイミング（超級）　アナライズ　釣り（初級）

1話

水の都のクエスト

To tell the truth, F-rank magic swordsman is the strongest!

でだ。

家の中で軽く食事をとった後、俺はさっそく本日の冒険に出ることにした。

宿を出てから十分ほど歩くと、街の中心部に建てられた円形の建物が見えてくる。

大きな橋を渡った先にあるのが冒険者ギルドだ。

いつ来ても、この独特の熱気には圧倒されるものがあるな。

朝の早い時間から、ギルドの中は多くの人たちでごった返していた。

「なあ。お前、このクエスト、受けてみろよ？」

「いやいや。オレたちみたいな流れ者が受かるはずないだろ！　騎士団様の雇われなんて、ごめんだね」

むう。何やら掲示板の前が盛り上がっているようである。
一体どんなクエストが用意されているというのだろうか。

☆極秘クエスト

●水の都に遠征
必要Q《クエスト》R《ランク》：不問
成功条件：水の都《ルミナリア》に向かい、極秘クエストを達成すること
成功報酬《ほうしゅう》：3000000ギル
繰り返し：不可

＊騎士団員による厳格な審査あり

そこにあったのは、何やら見慣れないクエストであった。
なんだろう。極秘クエストって。
しかし、それ以上に気になったのは、水の都《ルミナリア》の存在であった。

はて。
この《ルミナリア》という言葉、どこかで聞いたことがあるな。

「…………！」

そうか。思い出した。
たしか今朝、夢の中の女に言われた街の名前が《ルミナリア》だったような気がする。
ううむ。
夢の中の女は、たしか『ルミナリアに向かえ』と言っていたような気がするな。
果たしてこれは偶然なのだろうか？
今日《ルミナリア》に関連するクエストに出会ったことには、何か意味があるかもしれない。
＊騎士団員による厳格な審査あり
ここで気になってくるのは『騎士団員による厳格な審査あり』という言葉である。
はて。
騎士団員による審査とは、一体どのようなものなのだろうか。
ここ、リデイアルは各地から集まった冒険者たちが中心となって栄えてきた街だ。

だから騎士団と聞いても、あまりピンとこないところである。

異変が起きたのは、俺がそんなことを考えていた直後のことであった。

「むっ。そこにいるのはユーリ殿！　ユーリ殿ではないか！」

リコ・グラネス
種族　ヒューマ
性別　女
年齢　16

目の前に見覚えのある女冒険者が立っていた。

彼女の名前はリコ。

この世界に転生してから間もない頃に出会った冒険者仲間の一人である。

「久しいな！　元気にしていたか？」

「ああ」「キュッ！」

リコに尋ねられたので俺とライムは、元気よく返事をする。

ここ最近は本当に色々なことがあったな。

レアモンハンターを自称するダッチと《竜の谷《ドラゴンバレー》》で、ドラゴンに懐かれたり、同じ冒険者仲間のフィルとモイロネの村で、鬼神と戦ったりしていた。

そのせいもあって、リコに会うのは随分《ずいぶん》と久しぶりのような気がする。

「むっ。水の都《ルミナリア》のクエストか。その依頼を受けるつもりでいるのか?」

「ああ。実は今、前向きに考えていたところだ」

受けてみたい気持ちは山々なのだが、このクエストは俺にとって未知の要素が多すぎる。念には念を入れて、事前に下調べをしておいた方が良いかもしれない。

「ユーリ殿が騎士団の試験か……。何やら不安な予感がするな……」

俺の思い過ごしだろうか。

周囲に聞こえないような小さな声で、リコは何か呟《つぶや》いているようであった。

「……なあ。よければ私もそのクエストに同行できないだろうか？」

暫《しばら》く悩んだ後にリコは、嬉しい提案をしてくれる。

「本当か？　大歓迎だぞ」

リコが一緒に来てくれるのならば、こんなに心強いことはない。

この世界に転生して間もない俺と違ってリコは、様々な分野に精通しているからな。

俺に足りていない知識を補完してくれるパートナーとして、何より最適な人物といえるだろう。

「騎士団か……。懐かしい響きだな……」

「ん？　何か言ったか？」

「ああ。いや。なんでもない。独り言だ。気にしないでくれ」

何故だろう。
素直に気になったことを尋ねてみると、リコは露骨にはぐらかした態度を取るのだった。

〜〜〜〜〜〜〜〜〜〜〜〜〜〜

俺たちが向かったのは、クエストとは関係のない街の外れの山の麓《ふもと》であった。
何故か？
それというのもリコがクエストまでの空いた時間を利用して、訪れたい場所があると言ったからである。

【武器屋　白ヒゲ商店】

麓にまで足を伸ばすと、そんな看板を掲げた店を発見する。

むう。

随分《ずいぶん》と懐かしい場所が見えてきたな。

何を隠そうこの店は、俺とリコが初めて会った場所なのだ。

バスターソード　等級Ｂ
（高純度の鉄鉱石で作られた頑丈で大きな剣）

ああ。そうだ。

今現在、俺が愛用しているバスターソードを作ってもらった店でもあったな。

暫く訪れていなかったが、店長のウーゴは元気にしているだろうか。

「ウーゴ殿！　ウーゴ殿はいるだろうか！」

リコが声を上げると、身長は低いが、やたらと雰囲気《ふんいき》のある男が顔を出す。

ウーゴ・マントル
種族　ドワーフ

性別　男
年齢　53

良かった。どうやら変わっていないみたいだな。

鼻の下にヒゲをたっぷりと蓄《たくわ》えたこの男は、『白ヒゲ商店』の店主である。

「ふんっ……。嬢ちゃんか。約束の品なら、そこの棚《たな》に置いてあるぜ」

ウーゴが指さした先には、無造作《むぞうさ》なままに一本の剣が置かれていた。

ルビナスのレイピア　等級B
（希少金属ルビナスを使用して作られた剣。錆《さび》に強く、切れ味は鋭い）

Bランクの剣か。初めて見る装備である。

アナライズのスキルで分析してみたところ、相当に品質の高い武器のようだ。

「おおお！　コレだ！　コレ！　ずっと完成するのを待っていたぞ！」

剣を手にしたリコは、うっとりと悦《えつ》に入《い》った表情を浮かべていた。

「リコ。この剣は？」

尋ねてみると、リコは待っていましたとばかりに、大きな胸を張って得意気に語り始める。

「よくぞ聞いてくれた！　この武器はルビナスの原石を使用して作った剣だ！　そもそもルビナスとは南の鉱山でしか採掘できない希少性の高いものなのだ。恒常的に熱を帯びていて、冬場はポカポカと暖かく、常に冒険者に人気の素材だ！　先日、クエストに行った際に偶然、入手したのでウーゴ殿に頼んで剣を打ってもらったというわけだ！」

「そ、そうだったのか」

知らなかった。

普段はどちらかというと冷静な性格なリコだが、剣のことになると凄《すご》い熱量を発揮するのだな。

　今まで知らなかった意外な一面を知った気分である。

「ふふふ。ユーリ殿には、是非、私の上達した剣の腕前を見てもらおうと思ってな。この剣を持った私は以前までの私とは違うぞ！」

　なるほど。

　つまり暫《しばら》く会わない間にリコも、パワーアップしていたというわけか。

　たしかにリコの剣の腕前と強力な武器が合わされば、とてつもない力を発揮できるに違いない。

「んあっ……！　よく見ると、そこにいるのはＦランクの兄ちゃんじゃねぇか！」

　ようやく気付いたのか。

　結構、前から店の中にいるのだけどな。

　ひょっとすると、ドワーフという種族はあまり目がよくないのかもしれない。

「どうだい。兄ちゃん。オレの打った剣の調子は？」

「ああ。おかげさまで今でも愛用させてもらっているぞ。大満足だ」

ウーゴに剣を作ってもらうまでの間、俺は何本もの剣をダメにしてきた。

どうやら俺が使うと、通常の剣では耐久性が足りずに直ぐに壊れてしまうらしいのだ。

だが、ウーゴの作った剣は例外である。

よく切れて、耐久性も申し分がない。

いつの間にかウーゴが作ってくれたバスターソードは、俺にとって欠かすことの出来ない存在となっていた。

「ふふふ。まぁ、そうだろう。オレが打った剣は、そこらのヤワな品とは訳が違うからな。長年、使っても刃毀《はこぼ》れ一つしないってことで評判なんだぜ！　更に言えば、兄ちゃんに作った剣は最高品質の鉄鉱石を使って、打ったものだからな！　そこらの剣とは完成度が違うぜ」

いつになく饒舌《じょうぜつ》な態度でウーゴは語る。

やはり自分の作った武器を褒められるのは、職人として鼻が高いのだろう。

「どれ。ちょっと様子を見せてくれよ」

「ああ。分かった」

ウーゴに言われて俺は、鞘《さや》からバスターソードを出して渡してみる。

「んなっ……！　な、なんじゃこりゃああ！」

んん？　これは一体どういうことだろうか？

俺の剣を受け取ったウーゴは、腰を抜かして驚いているようであった。

「刃がボロボロじゃねぇか！　一体どんな力で振るったら、こんな風に刃毀《こぼ》れするんだよ！」

「すまん……。普通に使っていただけなんだが……」

言われて気付いたのだが、たしかに俺の剣は刃毀れが発生しており、ギザギザの状態になっていた。

「この状態だと本来の力の30パーセントも出せやしねえぜ！　使っていて変だとは思わなかったのかよ！」

「ああ。なんとなく違和感はあったが、切れ味に関しては付与魔法で確保できるから気にならなかったんだよ」

「なんだって!?　そんなことができるのかよ!?」

俺の言葉を受けたウーゴは、語気を荒げて益々《ますます》驚愕《きょうがく》しているようであった。

「ハ……ッ。やってくれるぜ。流石《さすが》は兄ちゃんだ。まさかオレの打った剣をここまで使い倒してくれるとはよ」

俺の、思い過ごしだろうか。

そう言って語るウーゴは、どことなく嬉しそうな表情を浮かべているような気がした。

「メンテナンスは任せておきな。兄ちゃん。この後、何か予定はあるのかい？」

「悪いが、一時間後にクエストに行く予定だ」

「ハッ……。三十分もあれば上等よ。貸してみな。直ぐに万全の状態に戻してやるからよ」


俺の剣を受け取ったウーゴは、さっそく作業に入っているようだった。


「すまないな。手間をかけさせて」

「いいってことよ。その代わり働いた分の代金は、キッチリと頂くからな！」


できる男は背中で語る、ということなのだろうか。

それからというものウーゴは、背中を向けたまま作業に没頭しているようであった。


「良かったな。ユーリ殿」

「ああ。今日は来て良かったよ」

本当は自分で武器のメンテナンスができれば良かったのだが、なかなかに難しそうなところである。

それというのも、俺の持つ《剣聖の記憶》と《魔帝の記憶》のスキルは、それぞれ戦闘に関連したスキルを高速で習得することができるのだが――。

一方で《釣り》《鍛冶《かじ》》といった生活関連のスキルには、効果を発揮しないからである。

武器のメンテナンスか。

今まであまり意識していなかったのだが、軽視できる要素ではなさそうだ。

これからは定期的にウーゴの店を訪れることにしよう。

2話　入団試験

To tell the truth, F-rank mage swordsman is the strongest!

でだ。

剣のメンテナンスを完了させた俺が向かった先は、今回のクエストの試験会場として指定された見晴らしの良い草原のエリアであった。

うおっ。

思っているよりも、人が集まっているみたいだな。

色々と条件がついたクエストだったので、好き好んで受ける人間は少ないと思っていたのだが、どうやら俺の考え違いだったようである。

「なんか、思っていたよりも、人気みたいだな」

「色々と厄介《やっかい》な仕事だが、報酬《ほうしゅう》が高額だからだろうな。噂《うわさ》を聞きつけた隣町の冒険者が集まっているようだ」

なるほど。

たしか報酬額は３０００００ギル、だったか。

ゴブリンの討伐クエストが大体３００００ギルの報酬であったことを考えると、破格の報酬といえそうだ。

道理で、見たことのない顔がちらほらといるはずである。

「集まっているのは、冒険者だけではないみたいだな」

先程から気になっていたのが、全身に鎧《よろい》を装備して、剣を手にした異様な風貌《ふうぼう》をした男女数人の姿であった。

冒険者にしては重装備過ぎるな。

おそらく、彼らが審査員として集まった騎士団のメンバーなのだろう。

おっと。

そうこうしているうちに鎧を装備した人間が、こちらに来たようだ。

体格からして、女性だろうな。

「お姉さま！　お姉さまではありませんの！」

クラリス・アプリコット
種族　ヒューマ
性別　女
年齢　15

俺たちの前に現れたのは、ピカピカの鎧を身に纏《まと》った金髪の少女であった。

なんだろう。お姉さまって。

どうやらリコのことを指して言っているようである。

「ずっと探していたんですよ！　リデイアルの街に来れば、お姉さまに会えるのを信じていたのです！」

どうやらリコの知り合いのようである。

金髪の少女はリコの手を取って、何やら感激しているようであった。

流石《さすが》はリコだな。

騎士団の人間と知り合いとは、顔が広いにも程があるというものである。

「わたくし感激いたしましたわ！　うへへへへ。ほっぺ、すりすり～！」

「ええい！　やめんか！　クラリス！　私から離れろ！　暑苦しい！」

んん？　どうやら二人の仲は、俺が思っていたよりも良好のようである。

久しぶりに会うなりクラリスとかいう女は、過剰《かじょう》なスキンシップを取っているようであった。

「リコ。この人は？」

「私の、古い友人だ。実を言うと、私はこの街に来るまで騎士の仕事をしていてな。彼女とはそこで知り合ったのだ」

「そうだったのか」

知らなかった。

冒険者になる前のリコは、騎士の仕事をしていたのか。

ふうむ。

別に意外という感じはしないかな。

個人的には、しっくりとくる部分の方が大きい。

この街の冒険者は、どちらかというと自由を愛しているアウトローたちが多いのだが、リコの性格は規律に厳しく真面目《まじめ》である。

前々から、他の冒険者たちとは雰囲気《ふんいき》が少し違うとは思っていたのだよな。

「お姉さま？　この男は、誰なのですか？」

心なしか不審者を見るような目つきで、クラリスは言う。

「紹介するぞ。クラリス。こっちはユーリ殿。いつもお世話になっている冒険者仲間だ」

リコに紹介されたので、軽く頭を下げておく。

初対面とはいっても、リコの知り合いから無礼なやつだとは思われたくはないからな。

「ふーん。貴方《あなた》が……。お姉さまと一緒に試験を受けに来た、というわけですか」

クラリスの視線は、完全に俺のことを値踏みするようなものになっていた。

「今回のクエストは、正規の冒険者しか受け付けていませんの。疑うわけではないのですが、冒険者ライセンスを見せて頂けます？」

「ああ。これでいいか」

クラリスから注文を付けられた俺は、ポケットからライセンスを取り出して渡してやることにした。

「な、なんですの……？　これ……？　Fランク……ですって……？」

んん？　これは一体どういうことだろうか？

俺から冒険者ライセンスを受け取ったクラリスは、ワナワナと怒りに震えているようであった。

「Fランクのクズが！　よくもまあ、試験を受ける気になったものですね！」

おいおい。もしかしてFランク冒険者には、試験を受けてはいけないという決まりがあったのだろうか。

いや、たしか今回のクエストでは、ランクは指定されていなかったはずである。

「ああ。そのことなのだが、ユーリ殿は、Fランクでも実力に関しては、A級すらも超える可能性があって……」

「許せませんわ！」

リコの言葉を遮《さえぎ》るようにしてクラリスは言った。

「そこのFランク！　どうやってお姉さまを誑《たぶら》かしたのかは知りませんが、わたくしは貴方のことを認めませんからっ！」

「…………」


困ったな。

なんだか知らないが、試験が始まる前から随分《ずいぶん》と嫌われてしまったようである。

「すまない。ユーリ殿……。アイツは昔から思い込みが激しいところがあるのだ……」

「ああ。いや、悪いのは俺だから気にしないでくれ」


こういう扱いを受けるのにも慣れてきた。

初対面の人間に偏見を持たれてしまうのは、面倒事を背負うのが嫌でランクを上げてこなかった俺の責任でもあるのだ。

しかし、困ったな。

まさか試験も始まってもないうちから騎士団員からの心象が悪くなってしまうとは、流石《さすが》の俺も予想していなかったぞ。

「冒険者の諸君！　本日は集まってくれて、ありがとう！　感謝！　感謝だ！」


さて。

俺たちがそんなやり取りをしているうちに、広間の中央に一人の男が現れる。

ブライアン・ホークス
種族　ヒューマ
性別　男
年齢　27

俺たちの前に立って、爽《さわ》やかな笑顔を浮かべるのは、鎧《よろい》を身に纏《まと》った体格の良い男であった。

「ボクの名前はブライアン。これからキミたちには、『とある任務』に当たってもらおうと思っている」

ふむ。この男が今回の試験の責任者というわけか。

ブライアンの周囲には、他の騎士団メンバーが護衛に当たっているようだ。

どうやら彼らは、ブライアンの補佐役のようである。

「その前に、それぞれ自己紹介をしようか。我々、騎士と冒険者は、立場も違えば、信条も違う。まずは互いに親睦《しんぼく》を深めてからの方が……」

「ハンッ……。前置きは良い」

突如として悪態をついたのは、いかにもガラの悪そうな冒険者であった。

「とっとと本題に入れ。オレたちの目的は、ズバリ報酬《ほうしゅう》の3000000ギルよ！　テメェら政府の犬たちと馴《な》れ合うつもりはサラサラないね！」

ふうむ。

この男たち、初めて見る顔だな。

おそらくリコが言っていた、隣街からクエストを受けに来た連中なのだろう。

「まったく同感だね」

「ああ。何が悲しくて政府の犬と仲良くしなきゃならねえんだ？」

なんだか、やけに喧嘩腰《けんかごし》の人間が多いようだ。

ふうむ。

自由を愛する冒険者と規律を重んじる騎士団員。

今まで意識してこなかったのだが、この両者は致命的に相性が悪い組み合わせなのかもしれない。

「貴方たち！　なんですの！　団長に向かって、その口の利《き》き方は！」

「いや、いいんだ。クラリス」

ブライアンは、怒りで剣を抜きそうなクラリスを片手で制止する。

「冒険者どの。残念だが、それは出来ないな」

「なに……!?」

「クエスト内容は極秘だ。政府の命により、今回の仕事は、同じ騎士団員のメンバーにしか教えてはならない取り決めになっているからね」

「お、おい！　どういうことだ！　それじゃあ、オレたちはなんのために……」

「だから試験をするんだよ。これよりキミたちには『騎士団の仮入団試験』を受けてもらおうと思っている。クエストの内容は、試験に合格したメンバーにのみ教えることとする！」

「「「…………！」」」


ブライアンの言葉に衝撃を受けた冒険者たちは、水を打ったように静まり返ってしまう。

驚いたな。

たしかに『騎士団員による厳格な審査あり』ということは聞いていたのだが、まさか入団試験を受けることになるとは思ってもいなかった。


「これからキミたちには、二日間のサバイバル生活を送ってもらう。合格者は最大で五名だ。クエストに同行できるのは合格者のみ。この条件に不満があるものは、今直ぐ、この場から去ってほしい」

「「「…………」」」

ブライアンから提案をされた冒険者たちは、暫《しばら》く無言のまま呆然《ぼうぜん》としていた。

「チッ！　やってられるか！」

俺の近くにいた冒険者の男が、捨て台詞《ぜりふ》を吐いて会場を後にする。

「テメェら！　あまり冒険者を舐《な》めるなよ！」

「同感だね。一体、何が悲しくてお前たちの靴《くつ》を舐めなければならねえんだ！」

最初の一人が立ち去ったタイミングをきっかけにして、集まった冒険者たちは一人、また一人と会場を去っていく。

「ユーリ殿はどうするのだ？」

「うーん。俺は参加しようかな。少し気になることがあるんだ」

どうやら今回のクエストは、俺が思った以上にスケールの大きいものらしい。

となると俄然、気になってくるのは今朝に見た夢のお告げの内容である。

たしか夢の中で青髪の女は、俺がルミナリアに行かなかった場合、『世界が破滅することになる』と言っていたな。

流石《さすが》にそこまで大事にはならないような気がするが、警戒するに越したことはなさそうである。

「ふむ。ここに残ったものたちは全員参加、ということで良いだろうか?」

最終的に残ったのは、集まった冒険者のうちの七割くらいだろうか。

思った以上に人数が残ったな。

それぞれ言いたいことはあるのだろうが、やはり高額に設定された報酬には魅力があるのだろう。

「ふふ。良い面構《つらがまえ》えをしているな。それでは各自、係の人間の指示に従い《東の森》に向かってくれ。諸君らの健闘を祈る!」

むう。何やら大変なことになってしまったな。

本来ならば、こういう面倒事の多そうなクエストは避けておきたいところなのだが、今回は『夢のお告げ』の内容が気にかかる。

とにかく今は、試験の内容に集中するより他はなさそうである。

3話 騎士団試験（剣術）

To tell the truth, F-rank magic swordsman is the strongest!

それから。

ブライアンの指示を受けた俺たちは、《東の森》に向かって移動を始めていた。

受験生の数は、俺たちを含めて三十人くらいはいるだろうか。

合格者は最大で五名ということなので、合格率は単純計算で20パーセントを下回る計算である。

この場に集まった受験生たちのレベルにもよるだろうが、なかなかにハードな試験になりそうだ。

「で、どうしてお前がついてくるんだよ？」

先程から気になって仕方がないのは、俺たちの後をピッタリとつけてくる金髪の女騎士クラリスの姿であった。

「愚問《ぐもん》ですわよ。Fランク」

俺の方をキリッと睨《にら》みつけながら、クラリスは言った。

「今回の試験の合否は、わたくしたち騎士団員が判定するのですよ。わたくしは、これから貴方《あなた》たちの実力を見極めるために監視させてもらいますわ」

なるほど。

つまり俺たちが試験に合格しようと思った場合、クラリスの前で良いところを見せる必要があるようだ。

「って。もしかして一日中ずっと一緒にいるつもりなのか!?」

「無論ですわ。今回の試験は、貴方たち冒険者の素行を調査するための意図もありますからね」

ふうむ。たしかに騎士団の人間からすれば、俺たち冒険者は、海のものとも山のものともつかない存在である。

時間をかけて調査したいというのは、当然の心理なのかもしれない。

「まあ、お姉さまの実力は熟知していますから。正確に言うと、わたくしが重点的に監視するのは貴方なのですけどね」

なるほど。

どうやらクラリスは、俺の実力を完全に侮《あなど》っているようだ。

まあ、無理もない。

冒険者ランクは冒険者たちの実力を測るためには一番、分かりやすい指標だからな。

こういう場合は、口で説明するよりも実力で示してやる必要があるだろう。

「話の途中だが、魔物が現れたみたいだぞ」

「「…………!?」」

俺が指摘をした次の瞬間、二人も敵の気配に気付いたようだ。

ウルフファング　等級Ｄ

初めて見るモンスターだ。

焦げ茶色の体毛で覆《おお》われたウルフファングは、今まで戦ってきたウルフを一回り大きくした感じのモンスターだった。

ここ《東の森》は、駆け出しの冒険者たちで集まる《北の森》よりも強力なモンスターが出現することで知られていた。

転生した直後にコカトリスに遭遇《そうぐう》した場所は、この《東の森》の深部だったような気がする。

「ふーん。ウルフファング。スピード特化型のＤ級モンスター。試験の相手としては、おあつらえ向きですわね」

よしっ。

どうやら試験官のクラリスの前で、アピールができる絶好のチャンスが訪れたようである。

「ユーリ殿。前から来ている四匹は、任せても構わないだろうか？」

「ああ。問題ないぞ」

互いに背中合わせの体勢を取った俺たちは、敵を迎え撃つために臨戦態勢に入る。

最初に動いたのは、後方から現れた三匹のウルフファングであった。

「たぁ！」「えい！」「はあああぁぁぁ！」

素早く剣を抜いたリコは、襲い掛かるウルフファングを迎え撃つ。

ルビナスのレイピア　等級B

（希少金属ルビナスを使用して作られた剣。錆《さび》に強く、切れ味は鋭い）

新しく入手をした自慢の愛剣は、抜群《ばつぐん》の切れ味を誇っていた。

ウルフファングたちの体に鋭い斬線《ざんせん》が走る。

「「「キャウンッ！」」」

甲高《かんだか》い悲鳴を上げたウルフファングたちの頭は、胴体から分離されることになった。

「はわ〜。流石《さすが》ですわ！　お姉さま！」

リコの剣技を前にした試験官のクラリスは、うっとりとした表情を浮かべているようであった。

流石はリコだ。

冒険者たちの荒々しい剣とはレベルが違う。

リコの剣技には、華があって、見るものを魅了する力があるのだろう。

おっと。

そうこうしているうちに、前方にいる四匹のウルフファングが飛び掛かってきた。

俺は持っていたバスターソードを抜いて、迎え撃つ。

「「「キャウンッ！」」」


一閃《いっせん》。

合計で四匹いたウルフたちは、同時に血飛沫《ちしぶき》を上げることになった。

おお。どうやら上手《うま》く仕留められたみたいだな。

ウーゴの店で、剣のメンテナンスを行った直後だからだろうか。

付与魔法で切れ味を強化しなくても、ビックリするほど簡単に敵を倒すことができたぞ。


「「なっ……!?」」


リコとクラリス。

二人が驚きの声を上げたのは、ほとんど同じタイミングであった。


「バ、バカな……。ありえませんわ……！　たった一太刀《ひとたち》で四匹の獲物を仕留めてしまうなんて……」

「流石はユーリ殿！　規格外のパワーだな！」

ふむ。一回の攻撃で四匹の獲物を仕留めるのは、どうやら凄《すご》いことだったようだ。

これは試験官のクラリスに対して、良いアピールになったのではないだろうか。

「……たしかにパワーだけはあるようですわね」

何故だろう。

完璧《かんぺき》な形で、ウルフファングを返り討《う》ちにしたにもかかわらず、クラリスはあくまで冷たい態度を崩さなかった。

「しかし、力任せの粗雑《そざつ》な剣です。お姉さまの剣と比べて、技術では大きく見劣りしますわね」

むう。たしかに俺の剣はリコと比べて、華がないように見えるのかもしれない。

俺の剣術は、前世の剣聖時代に、実戦を通して培《つちか》ったものだ。

そもそもの前提として、誰かに見せることを想定して鍛え上げたものではない。

だからこそ『見栄え』という面では、リコと比べて大きく劣っているのだろう。

「そのようなことはないぞ！　ユーリ殿の剣技は、私よりも遥《はる》かに……」

「ふんっ。どうでしょうかね。お姉さまは、そこのFランクに甘すぎるのではないでしょうか」

リコが口にしてくれたフォローの言葉を、クラリスは冷たく突き放す。

「クッ……。いい加減にしろ。ユーリ殿の実力はランクでは測れないと何度言えば……！」

「いいんだよ。リコ」

俺は、感情的に反論しようとするリコをたしなめる。

「試験は始まったばかりだからな。これから、ゆっくりと認めてもらえばいいじゃないか？」

「キュッ！」

試験が長期間に及ぶことは、ある意味、俺にとって好都合なのかもしれない。

そもそもクラリスが俺を認めてくれないのは、厄介事《やっかいごと》を引き受けるのが嫌で、冒険者ランクを上げない俺に原因があるからな。

俺のことが原因で、二人が口論するのは全力で止めておきたいところである。

「ふんっ。アイザワ・ユーリ。益々《ますます》、気に入らない男ですわね。どうやってお姉さまに取り入ったかは知りませんが、今日は貴方《あなた》の化けの皮を剝《は》がして差し上げますわ！」

何故だろう。

二人の間を取り持つような発言をすると、クラリスは更に敵意をむき出しにした視線を向けてくるのだった。

4話 騎士団試験（魔法）

To tell the truth, F-rank mage swordsman is the strongest!

それから。

無事に《東の森》に到着した俺たちは、川の近くでキャンプの準備を始めることにした。

「よし。まぁ、こんなものかな」

最初に俺たちが作ったのは、今日の夜を過ごすための簡易住居であった。

どうやら今回の試験は、サバイバル能力を見るものらしい。

俺の作った住居は、試験官のクラリスの目によって、厳しくチェックされることになった。

「ふんっ。Fランク冒険者に相応《ふさわ》しい、お粗末な寝床ですわね」

「…………」

相変わらずクラリスの評価は手厳しい。

残念ながら、俺にはあまり外泊の経験がなかったからな。

前世の記憶を頼りに寝床を作ってみたのだが、お世辞《せじ》にも褒められるような出来栄えではなかった。

「なんですの！　この粗雑な結び目は！　こんな仕事では、五十点もあげられませんわよ！」

参ったな。

もしかしたら俺は『剣術』と『魔法』に関すること以外は、どちらかというと不器用なタイプに分類されるのかもしれない。

この時代に転生してから、これほど誰かに叱《しか》られたのは初めてのような気がする。

「ユーリ殿！　こっちの仕事は終わったぞ！」

そう言って、俺の元に駆け寄ってくるリコの両手には、零《こぼ》れ落ちんばかりの『木の枝』が抱えられていた。

別行動中のリコは、森に落ちている『薪集め《まき》』を担当してくれていたのだ。

「はわ〜。流石《さすが》はお姉さま！　見事な切り口です！　感服いたしましたわ！」

「…………」

たしかにソツのない仕事ではあるが、そこまで褒めるほどのものなのだろうか。
ただ、そこら辺に生えている木を切って、『薪』にして集めてきただけだぞ？
リコが贔屓《ひいき》され過ぎているのか。俺が嫌われ過ぎているのか。
あるいは、その両方の要因が重なっているのかもしれない。

「ユーリ殿。ひとまず、これで夜を越す準備はできたようだな」

「ああ」

「それでは、ここからが本番だ。食材集めに行こうか」

「…………！」

なるほど。

その手があったか。

本音を言うと、一日くらいは食事をとらなくても、別に問題なく生活することはできるだろう。

だが、今回の試験はあくまで冒険者たちの『サバイバル能力』を見るものらしいからな。

アピールできるチャンスが、多ければ多いほど良いだろう。


「了解した」


食材集めなら、手先が器用ではない俺でも、アピールのチャンスが巡ってくるかもしれない。

おそらくリコもその辺のことを理解して、気を利《き》かせてくれたのだろう。


～～～～～～～～～～～～～～


でだ。

俺たちは食材の調達のために《東の森》に流れる小川に沿って、探索を始めることにした。

少し歩くと、一メートルを越えるくらいの深さになってくる。
ふむ。
これくらいの水深があれば、何かしら魚が生息しているかもしれないな。

ポシャンッ！

おっと。どうやら俺の予想は当たっていたみたいである。
今、体長にして三十センチくらいの魚が川面を跳ねたのが見えたぞ。

「氷結矢《アイスアロー》！」

異変が起きたのは、俺が魚の姿を確認した直後のことであった。
同行していたクラリスが魔法を発動したみたいだ。
クラリスの掌《てのひら》から飛んでいった氷の矢が、川面から跳ねた魚を貫いた。

「「おおー！」」

俺とリコが驚きの声を上げたのは、ほとんど同じタイミングであった。

凄《すご》い魔法技術だ。

魚が跳ねたタイミングで魔法を使って、獲物に命中させる。

文字に起こすと簡単そうに見えるかもしれないが、一朝一夕《いっちょういっせき》で身に付く技術ではないぞ。

「ちょうど良い機会ですわ。次の試験のテーマは、『魔法』にしましょうか」

ウェーブのかかった金色の髪の毛を靡《なび》かせながら、クラリスは言った。

「いいこと！　Ｆランク！　今から魔法を使って、獲物を仕留めてみなさい！　わたくしよりも多く魚を獲得することができたら、貴方の実力を認めて差し上げますわ！」

なるほど。

こういう展開は、願ったりかなったりである。

前世の記憶のおかげで俺は、『剣術』と『魔法』に関しては、それなりに自信があるのだが

『生活関連のスキル』においては素人《しろうと》同然であるのだ。

野営の準備に比べて、かなり俺が得意な試験内容の気がする。

「……ユーリ殿。これは少し厄介《やっかい》なことになったぞ」

心の中で手ごたえを感じていた俺とは対照的に、意外にも心配そうな口調でリコは言った。

「どういうことだ？」

「クラリスは魔法の扱いでは、騎士団の中でも随一《ずいいち》だったのだ。特に『細かい魔法の制御』に関しては右に出るものはいなかった」

「ふふふ。お姉さまの言う通り。魔法はわたくしの得意分野！　Ｆランク冒険者ごときに負ける道理はありませんわよ！」

「……たしかにユーリ殿の魔法が凄いことは、他でもない私が一番理解している。だが、用心した方が良いだろう」

ふうむ。

たしかにクラリスの魔法の精度は、俺の目から見ても凄《すさ》まじいものがあった。

単純な魔法の『威力』を比べるだけであれば、負けることはないと思うのだが、今回の試験は少し毛色が違うようだ。

このまま同じ土俵《どひょう》で戦ったら、経験の差で負かされてしまうかもしれない。

「ふふふ。それでは推して参りますわよ！」

大きな胸を張ってクラリスは、魔法の詠唱《えいしょう》を開始する。

「それ！　二匹目！　三匹目ですわ！」

素早く、正確に飛んでいった氷の矢は、川面を跳ねた魚を次々と仕留めていく。

「さあ。Fランク。この、わたくしのスピードについてこられるかしら!?」

見事な手際《てぎわ》だ。

クラリスの集中力は、川面を跳ねた魚を一匹たりとも逃がしていない。

初級魔法の精度という点に関しては、『今の俺』を大きく凌駕《りょうが》している可能性があるな。

さてさて。

どうしたものか。

おそらく今回は相手と同じ方法で勝負しても、勝ち目の薄い戦いになるかもしれない。

「……なあ。ここにいる魚って、一匹ずつ獲らないといけない決まりがあるのか？」

悩んだ挙句《あげく》に俺は、先程から気になっていた疑問を投げかけてみることにした。

「はあ？　貴方《あなた》、一体何を言って……？」

「一度に沢山《たくさん》獲った方が、効率が上がると思うのだが？」

「……貴方、わたくしのことをどこまでバカにすれば気が済みますの！」

何故だろう。

正直に疑問を口にすると、クラリスは露骨に不機嫌な表情を浮かべているようであった。

「そこまで大口を叩くのであれば、見せて下さるかしら？　貴方の魔法というものを！」

「了解した」

ふうむ。魚を獲る魔法なら、種類は幾つかあるな。

今回は、そうだな。

せっかくの機会だし、新しく習得した魔法を使ってみることにするか。

「ブラックホール」

そこで俺が使用したのは、今朝に習得したばかりの無属性魔法（上級）に位置するブラックホールであった。

俺が呪文を唱えた次の瞬間。

川の少し上のあたりに、直径一メートルくらいの黒色の球体が、浮かび上がる。

「「…………!?」」

リコとクラリス。

その衝撃に、顔色《がんしょく》を失ったのは、二人ほとんど同じタイミングであった。

「な、なんですの……！　この禍々《まがまが》しい魔法は……!?」

「ど、どういうことだ……。川の水が、どんどん吸い込まれていくぞ……！」

んん？　もしかして、ブラックホールの魔法を見るのは初めてだったのだろうか。

俺の魔法を目《ま》の当たりにした二人は、驚きを通り越して、恐れの感情を抱いているようであった。


「ホワイトホール」


次に俺が使用したのは、同じく無属性魔法（上級）に位置するホワイトホールであった。

この魔法は、ブラックホールで吸い込んだものを吐き出すために使うものである。

吐き出す物質は、ある程度『選別』することが可能なので、色々と便利な使い方が可能な魔法であるのだ。

「おおー。結構、獲れたみたいだな」

ブラックホールで獲れた魚の中でも大きな個体だけをキープして、小魚たちは川の中に逃がしていく。

よしっ。

だいたい五十匹くらいは獲れたかな。

一度の魔法でこれくらい獲れれば、一匹ずつ獲物を仕留めていくスタイルのクラリスに後れを取ることはないだろう。

「なっ。なななっ……」

んん？　これは一体どういうことだろうか。

俺の釣果《ちょうか》を目の当たりにしたクラリスは、何やら言葉を詰まらせながらワナワナと体を震わせているようであった。

「なんなんですの!?　この男は!?」

何故だろう。

それから暫《しばら》くすると、森の中にクラリスの叫び声が木霊《こだま》するのだった。

５話　夜の襲撃

To tell the truth, F-rank magic swordsman is the strongest!

それから。

川で食材を調達した後は、夕食の時間である。

魔法の試験が終わって、ベースキャンプに戻ると、すっかりと日が暮れて、森には夜の帳《とばり》が下りていた。

「むう。これは絶品だな！」

「ああ。川魚も意外にいけるな」

「キュー！」

焚火《たきび》の周りに座って暖を取りつつ、俺たちは食事をとることにした。

「ぐぬ……。ぐぬぬぬ……。許すまじ……。アイザワ・ユーリ……！　絶対に化けの皮を剝《は》いでやりますわ！」


クラリスからの視線が痛い。

試験官という立場なので、俺たちからは少し離れた場所で独り夕食をとっているようだった。

「なあ。ところで、どうしてリコは騎士団に入ろうと思ったんだ？」

パチパチと焚火の炎が跳ね上がる中、せっかくの機会なので以前から気になっていたことを尋ねてみる。

「特に深い理由はないな。私の家は先祖代々、騎士の家系だったのだ。騎士の家に生まれた人間は騎士になるのが当然の流れというものだろう」

なるほど。

リコの持つ生真面目《きまじめ》な性格は、生まれ育った家庭の環境の影響が大きいのかもしれない。

「じゃあ、どうしてやめようと思ったんだ？」

「それは……」

俺の、思い過ごしだろうか。

素直に思ったことを尋ねてみると、リコはあからさまに言葉を濁《にご》した。

「二人とも。お喋《しゃべ》りは、その辺にしておいた方がよろしくてよ」

もしかしたら、俺たちの間に流れる微妙な雰囲気《ふんいき》を感じ取ったのかもしれない。

近くで食事をとっていたクラリスが、俺たちの会話に割って入ってくる。

「今回の試験の最大の難関はズバリ、『夜』を越えることなのですからね。ゆっくり話している余裕はありませんよ」

「……どういうことだ？」

「夜になると、魔物が活発になる上に、こちらは視界が利《き》かなくなります。外泊時に最も命を落とす危険が高いのが、この『夜』の時間なのですわ」

ふうむ。たしかに、それは盲点だった。

今までの俺は、基本的に日帰りのクエストばかりを受けていたので、魔物が出没する森の中で一晩を明かした経験がなかったのである。

「もし、わたくしが手を貸すような事態になるようでしたら、一発で試験は不合格となりますわ。眠気と戦いながら、どこまで集中力を保《たも》てるか、見ものですわね」

なるほど。

もしも俺たちがピンチに陥《おちい》ったら、クラリスが助け船を出す予定となっているのか。

今回の試験に騎士団のメンバーが大勢、参加している理由が分かった気がする。

彼らは、俺たちの力を見るのと同時に、想定外の窮地《きゅうち》から冒険者たちを守る役割を果たしているのだろう。

「ユーリ殿。今から四時間おきに見張り役を交代して、交互に休息をとろう。クラリスの言う通り。ここから先は消耗戦《しょうもうせん》になるぞ」

「………………」

たしかに普通に考えれば、ここは俺とリコが交代して見張りをするべきだろう。
四時間おきに交代すれば、ちょうど一回の見張りを担当するだけで夜明けを迎えるはずである。

だが、待てよ。
もしかしたら、この状況を打開する画期的なアイデアを閃《ひらめ》いてしまったかもしれない。

「なあ。夜の見張り役に仲間の魔物を使うのってアリなのかな？」

気になったので、素直に閃いたアイデアを尋ねてみる。

「もちろん、使えるものはなんでも使って下さって構いませんわ」

心なしか俺の質問に呆《あき》れたような態度で、クラリスは続ける。

「まあ、そこのスライム一匹がいたところで、なんの解決にもならないと思いますけどね」

「キュー？」

むう。どうやらクラリスは、何か勘違いをしているようだ。

見張りに使う魔物はライム一匹だけなんて、俺は一言も口にしていないのだけどな。

ガリッ。

覚悟を決めた俺は、親指の先を歯で嚙《か》み切り、血を使って魔法陣を描いてやることにした。

「ユーリ殿……。一体、何を……!?」

俺は戸惑うリコを尻目に、最近になって習得したばかりの《口寄せ》のスキルを発動する。

「召喚！　コボルト！」

声高に叫んだ次の瞬間。

地面の上に描いた魔法陣の中から、次々に魔物が召喚されていく。

最終的に現れたのは、総勢二十匹を越えようかというコボルトの軍団であった。

「お前たち。それぞれ交代して森の中を見張っていてくれるか？」

「「「バウッ！　バウバウッ！」」」

俺の命令を受けたコボルトたちは、それぞれ元気の良い声を上げる。

「ほら。これが前払いの給料だ」

ここぞとばかりに俺は、ホワイトホールのスキルを発動して、保存していた食料を放出してやる。

先程、川で獲れたばかりの新鮮な魚である。

後でコイツらにあげようと思って、多めに獲っていたんだよな。

「「バウ〜ン！」」

御馳走《ごちそう》を前にしたコボルトたちは、嬉しそうに骨ごと魚を噛み砕いていた。


「あ、ありえないですわ……！　この男、どれだけの魔物を従えているのですか!?」

「んん？　もしかして複数体のモンスターと契約するのって珍しいことだったりするのか？」

「当たり前ですわ！」


驚きと怒りが入り混じったような口調で、クラリスが続ける。

「テイマーが契約している魔物といえば、普通は一匹ですわ！　経験を積んだ熟練のテイマーであっても、二匹か、三匹くらいが限度ですもの！」


なるほど。

言われてみれば、たしかに心当たりはあるな。

以前に知り合ったベテランのテイマー、ダッチも契約している魔物は、二匹だけだったような気がする。

「ユーリ殿。前に会った時と比べて、仲間が増えているような気がするのだが……？」

「ああ。色々と縁があって、一時的に保護しているんだ。気にしないでくれ」

ここにいるコボルトたちは、竜の谷《ドラゴンバレー》に住み着いたドラゴンによって、住処《すみか》を追われた連中である。

他に行く当てがないようなので、今は居場所と食事を提供する代わりに冒険を手伝ってもらう関係を築いているのである。

「じゃあ、見張りはコボルトたちに任せたから。俺たちはグッスリと眠らせてもらうぞ。別に構わないよな？」

「ううっ。うううっ〜！」

俺の言葉を受けたクラリスは、悔《くや》しそうに地団駄《じだんだ》を踏んでいるようであった。

「一体、なんなのですか！　この男はあああぁぁぁ!?」

夜の森の中に、クラリスの叫び声が再び木霊《こだま》するのだった。

～～～～～～～～～～～～～～～

それから。

コボルトたちに見張り役を任せた俺は、リコと一つ屋根の下で睡眠をとることにした。

「むにゃむにゃ……。ユーリ殿。そんなところを触ってはダメなのだ……」

「…………」

参ったな。

リコのやつ、こんなに寝相が悪いとは聞いていなかったぞ。

もともと野宿に慣れていなかった上に、隣に騒がしい人間がいるので、余計に眠れなくなってしまった。

「仕方がないなぁ。少しだけだぞ……」

おそらく俺のことを枕か何かと勘違いしているのだろう。

寝巻《ねまき》姿のリコが、ギュッと俺の体を抱き締めてくる。

「うぐっ……」

く、苦しい……。

細身の体の割に、リコの力は尋常《じんじょう》ではなく強かった。

このままリコと一緒に眠っていると、骨の一本や二本くらいは折られてしまうことになりそうだな。

仕方がない。

ここは気分転換もかねて、夜風でも浴びに行こうかな。

そう考えた俺は、リコが起きないように、ゆっくりと寝床を後にすることにした。

んん……？

あそこにいるのはクラリスか。

てっきり俺たちとは別の場所で眠っているものだと思っていたのだが、まだ起きていたのか。

焚火《たきび》で辺りを照らしながらもクラリスは、周囲の警戒を続けているようであった。

「見張りは魔物たちに任せている。眠っていてもいいんだぞ？」

クラリスの傍に近付いた俺は、素直に思ったことを伝えてみる。

「ふんっ。わたくしは貴方《あなた》の実力を完全に信用しているわけではありませんからねっ。自分の身を守らせてもらいますわ！」

なるほど。

たしかにクラリスの視点から考えると、見ず知らずのＦランク冒険者の俺がいくら『大丈夫』と言っても、素直に受け止めない方が良いという面もあるのだろう。

「なあ。夜は長いんだ。せっかくだから昔話をしないか」

「はあ？　なんですの。急に」

「リコのことだ。二人はどうやって知り合ったんだ？」

「…………」

俺の思い過ごしだろうか。

リコの名前を出した途端、クラリスの表情は心なしか和《やわ》らいだような気がした。

「そうですね。お姉さまの偉大さを貴方に教える良い機会かもしれませんわ」

ツンと澄ました表情を浮かべたクラリスは、リコとの出会いについて色々と説明してくれた。

「わたくしがお姉さまと出会ったのは、騎士団に所属してから二カ月ほど経った時のことでしたわ」

クラリス曰《いわ》く。

騎士団に入る人間は、大きく二パターンに分類される。

それ即《すなわ》ち、由緒《ゆいしょ》正しき家柄を持った『エリート組』と、数々の試験を乗り越えて入団を許された『雑草組』であった。

「わたくしは『雑草組』の中でも異端とされる『孤児院』出身の人間でしたの」

幼い頃に魔物の襲撃によって両親を失ったクラリスは、偶然、その場に居合わせた騎士団に命を助けられた。

それからというもの『孤児院』の中で剣の腕を磨《みが》いて、晴れて騎士団の入団試験に合格したのだとか。

「しかし、憧れで入った騎士団は、思っていたものと違いました。『孤児院』上がりの人間が周囲から受ける圧力は、わたくしの想像を遥《はる》かに超えていましたの」

孤児院出身ということで立場が弱いにもかかわらず、負けん気の強かったクラリスは、先輩の男たちから陰湿な嫌がらせを受ける日々を送っていた。

メンタルの強さには自信のあったクラリスであったが、それでも、その心は次第に弱っていったという。

リコと出会ったのは、そんなタイミングだったらしい。

『恥《はじ》を知れ！　この外道《げどう》が！』

正義感の強いリコは、クラリスを取り巻く陰湿なイジメに気付いて、クラリスの味方として振る舞ってくれたのだとか。

――弱きを助け強きを挫《くじ》く、クラリスの求めていた『本物の騎士』の姿がそこにあった。

それ以来、クラリスはリコのことを『お姉さま』と呼んで、慕《した》うようになったのだとか。

「お姉さまは、出自によって人を差別しない、本物の騎士ですわ！」

なるほど。

たしかにリコは、俺のことを『Fランク冒険者』だと知っても尚、差別することなく対等に接してくれていたな。

「まあ、その優しさが、貴方のような怪しい人間に付け込まれることにも繋《つな》がっているのでしょうけどね」


なかなかに手厳しいことを言ってくれる。

残念ながら、どうやら俺は未だにクラリスからの信頼を勝ち取るに至っていないようである。


「バウッ！　バウウウ〜ンッ！」

「――――ッ!?」


異変が起きたのは、俺たちがそんなやり取りを交わしていた直後のことであった。

コボルトの遠吠えが森の中に響く。

木の中で眠っていた鳥たちが、バサバサと音を立てて空に向かって飛んでいく。


「な、何事ですの!?」

「……どうやら何か異状があったみたいだな」

コボルトたちが声を上げるということは、警戒に値する『何か』が近づいてきているということだろう。

ふうむ。

この気配、どうやら魔物ではないな。

足音から察するに、俺たちと二本足で歩く同じ人間だろう。

どうやら俺たち以外の人間が、大勢で近付いてきているようだな。

「キヒヒ。探していたぜぇ。騎士のお嬢ちゃん」

暫《しばら》くして森の中から姿を現したのは、どこかで見たような顔ぶれであった。

むむ。

コイツらは、隣町の冒険者連中か。

たしか今回の試験を受ける前に、広間に集まっていた奴らだな。

「……わたくしに何か用ですの？」

腰に差した剣の柄《つか》に手をかけながら、クラリスは言った。

「残念ながら、オレらはお前らの団長さんに不合格を言い渡されてしまってねぇ」

「納得いかねぇ！　オレたちの真の力を嬢ちゃんに分からせてやろうと思ってな！」

この男たちは、一体、何を言っているのだろうか。

団長に不合格を言い渡されたということは、この男たちは、ブライアンが試験官として担当していたのだろう。

見返してやるというのであれば、ブライアンに対して力を見せるのが筋ではないだろうか。

「ふんっ。礼儀《れいぎ》を知らないゴロツキどもがっ！　わたくしに剣で挑もうとは良い度胸ですわね！」

鞘《さや》から剣を抜いたクラリスは、即座に臨戦態勢に入ったようである。

敵の数は五人か。

構えを見ただけで分かる。

人数の差だけを考えるのならば、こちらが不利だが、魔法だけではなく、クラリスの剣技は相当に練度が高そうだ。

これならば俺が手を貸すまでもなく、敵を追い返すことができそうである。


「キヒヒヒ。誰が剣で挑むと言ったよ？」

「――――ッ！」


異変が起きたのは、男が意味深な台詞《せりふ》を口にした直後のことであった。

突如としてクラリスの表情が苦痛に歪んで、地面に片膝をついた。

ポイズンスネーク　等級E

むう。

どうやら敵の中にも、俺と同じテイマーの能力を持った人間がいたらしい。

剣を抜いたのはブラフか。

どうやら本命は、暗闇の中に仕込んでいた毒蛇の方だったらしい。

「な、なんですの……！　これは……!?」

毒蛇による不意の一撃を受けたクラリスは、戸惑いの声を漏《も》らす。

「痺《しび》れて……動けない……」

どうやらクラリスは、足首を噛まれて、体を痺れさせる毒に中《あ》てられたようだ。

地面に片膝をついたクラリスは、苦悶《くもん》の表情を浮かべていた。

「キヒヒヒ。作戦成功♪　動けなくなった女を犯すのが、最高の娯楽《ごらく》ってやつなんだぜ！」

下衆《げす》な男たちだ。

毒で動けない女を集団で襲おうなんて、男の風上にも置けない連中である。

「なあ。兄ちゃん。今からでも遅くねえ。もしも兄ちゃんがオレたちに頭を下げるっていうのなら、オレたちの仲間に加えてやってもいいんだぜ？」

「どういうことだ？」

「お前も、この生意気な姉ちゃんに色々と言われてムカツいているんだろ？　仕返しをするチャンスだぜ！」

コイツらは、一体何を言っているんだろう。

たしかに俺は、クラリスから色々と手厳しい指摘を受けていたが、別に仕返しをしたいという気持ちは微塵《みじん》もないのだけどな。

「クッ……。本当に……。男というのは……。ロクでもない生き物ですわね……」

息切れを起こしながらもクラリスは、恨めしそうに口を開く。

「良いでしょう……。貴方たちが、そのつもりなら、勝手になさい。その代わり、少しでも隙《すき》を見せようものなら、体を嚙《か》み千切《ちぎ》って差し上げますわ！」

おいおい。

まさかとは思うが、俺が裏切る前提で話を進めているわけではないだろうな。

「なあ。なんだか盛り上がっているところ悪いんだが、俺は普通に断るぞ？」

「「なっ……!?」」

何故だろう。

常識的に考えれば、俺がこんな提案を受け入れるはずがないと分かるはずなのだが……。

俺がキッパリと拒絶の意志を示してやると、周囲の人間たちは意外そうな表情を浮かべた。

「おいおい!?　良いのかよ！　兄ちゃん！」

「この女、オレたち冒険者をバカにしやがったんだぞ！」

だから、その意外そうな顔は止めてくれよ。

元々、騎士団の人間に喧嘩《けんか》を吹っ掛けたのは、ここにいる隣町の冒険者連中だったはずである。

「人にはそれぞれ事情がある。そういうことだ」

もともとクラリスは、騎士団に入って間もない頃に、男の先輩から陰湿な嫌がらせを受けていたんだ。

だから俺たち男に対して、不信感を抱いても仕方がない部分もあるのだろう。

「チッ。萎《な》えちまったわ。大人しくオレたちの言うことを聞いていれば、甘い汁を吸えたっていうのによ」

「Fランクの冒険者風情《ふぜい》が……！　格好良く女を守って、ヒーローのつもりかねえ！」

悪態を吐《つ》いた隣町の冒険者たちは、それぞれ武器を手に取った。

足元の付近に生物の気配を感じる。

おそらく先程と同じく、暗闇の中で毒蛇を使って俺のことをハメる気でいるのだろう。

「その手には乗らないぞ。ライム」

「キュッ！」

俺の命令を受けたライムは、トランポリンの形に変化する。

ライムの力を借りた俺は、満月に向かって大ジャンプをした。

「「「なっ。なにいいいいいいいいいいい!?」」」

男たちの驚きの声が空に届く。

どうやら俺たちのコンビネーションプレイは、完全に敵の虚を衝《つ》くことに成功したようである。

「お、おい……！　あの男、どこに消えやがった！」

「まったく落ちてこないぞ！」

別に消えたわけではない。

ライムに協力してもらうことで実現したジャンプの滞空時間が長すぎて、そう感じてしまったのだろう。

さて。

ここからは反撃の開始だ。

敵の位置は、満月の明かりが教えてくれる。

敵が毒蛇を放っていても、こうやって空中に飛んでしまえば関係がない。

俺は重力によって、加速のついた踵落《かかとお》としを男たちに食らわせてやることにした。

「ぐぎゃっ!?」「ふごっ!?」「ぎゃばっ!?」

男たちの頭を踏みつけ、更に空中に飛んで、別の男たちに攻撃をしていく。

テンポ良く敵を倒していくと、最終的に残ったのは、テイマーの能力を持ったリーダー格の男だけだった。

「おっと。そこまでだ。兄ちゃん。これ以上、暴れるのは止めた方が身のためだぜ?」

んん?　これは一体どういうことだろう。

窮地《きゅうち》に陥《おちい》っているにもかかわらず、どういうわけか最後に残った敵の男は、俺を脅《おど》しに出たようである。

「……どういうことだ？」

「オレは今から切り札を使う。聞いて驚け！　今から、オレが使うのは、伝説のモンスター、一つ目の巨人よ！」

なるほど。まだ敵が残っていたようだ。

クラリスの話によると、二匹以上の魔物と契約できるテイマーは限られているので、実のところ、敵はなかなかの手練《てだ》れなのかもしれない。

だがしかし。

敵の切り札と戦う前に、一つだけ尋ねなければならないことがあった。

「なあ。もしかして、その一つ目の巨人っていうのは、そこで眠っている魔物のことか？」

「はあ？　お前、何を言って……!?」

振り返った男は、顎《あご》が地面につきそうなくらいに口を大きく開けて呆然《ぼうぜん》とした。

「んな！　なああ！」

男の叫び声が、夜の森の中に木霊《こだま》する。

「「バウッ！　バウバウッ！」」

サイクロプス　等級C

何故ならば――。

そこにあったのは、コボルトたちにボコボコに負かされて地面を舐《な》めるサイクロプスの姿だったからだ。

むう。

このリアクションから推測するに、このモンスターが敵にとっての切り札だったようである。

やけにアッサリと倒してしまったな。

おそらく『伝説のモンスター』というのは、男のハッタリだったのだろう。

「ハハッ……。マジかよ……。兄ちゃん、何者だ……!?」

地面に尻餅《しりもち》をついたまま、怯《おび》えた様子で男は尋ねる。

「名乗るほどの者ではない。しがないFランク冒険者だ」

「ウソ言うなよ。だってお前は……」

男が言葉を紡《つむ》ぎ終わる前に、止《とど》めの一撃を与えてやる。

「ガハッ……!」

安心しろ。命を取らないよう手心は加えてある。

後でブライアンに突き出してやることにしよう。

犯した罪は、しっかりと償《つぐな》ってもらわないとな。
この男は、試験とは別のところでも、騎士団の面々にお世話になるのであろう。

～～～～～～～～～～～～～～

さて。邪魔者は排除した。
後は毒蛇に噛《か》まれたクラリスの治療をしてしまえば、問題は解決だ。
「クッ……。体が動きませんわ……」
クラリスはというと、草むらの中に身を横たえたままうなされているようであった。
とても苦しそうだ。
この様子だと、先程の戦いも満足に見ることができていないのだろう。
まずは現状を把握《はあく》するために、アナライズのスキルを発動してみる。

状態異状　麻痺毒《まひどく》

（この状態にかかっている生物は、体の自由が利《き》かなくなる）

なるほど。

どうやらクラリスの体調が優れないのは、状態異状『麻痺毒』に原因があるらしい。

「ライム。クラリスの体に残っている毒を吸い出してやってくれ」

「キュッ！」

この程度の毒であれば、ライムによる応急処置で充分だろう。

以前にもゴブリンの毒矢で、リコが動けなくなった時にライムに解毒してもらったことがあったのだ。

「キュウ〰〰〰〰〰！」

クラリスの足首に張り付いたライムは、ポイズンスネークの毒を吸引していく。

「どうだ。気分の方は？」

「何故でしょう……。気分がグッと楽になったような気がしますわ」

覚束《おぼつか》ない足取りで立ち上がったクラリスは、そこで自ら置かれた状況を把握したみたいである。

「こ、これは一体……！　何事ですの……!?」

改めて確認してみると、カオスな状況である。

目の前にいるのは、俺に倒されて気絶している複数の男たち。

加えて、全長三メートルを超えようかというサイクロプスが、コボルトたちに拘束《こうそく》されて横たわっていた。

「アイザワ・ユーリ。一つ、尋ねてもよろしいでしょうか？」

暫《しばら》くの沈黙の後に、クラリスは何やら真剣な雰囲気《ふんいき》で口を開く。

「ああ。なんでも聞いてくれ」

「……何故、わたくしを助けたのです？」

ふうむ。改めて尋ねられると、難しい質問である。

俺にとって、あの場面でクラリスを助けることは当然のことであり、改めて理由を言語化するほどのことではないのだよな。

「簡単に言うと、自分の中の『正義の指針』に反することだったからだな」

以前にアイシャから『ゴミ拾いクエスト』で学ばせてもらったことがある。

世の中の人間は大きく『ゴミを捨てる人間』と『ゴミを拾う人間』に分けられる。

大切なのは、常に自分が『ゴミを拾う人間』であろうと思うことだ。

一時の損得に惑わされて、自分の中の正義の指針を見失えば、その人間は転落の道を辿《たど》ることになる。

以前に戦ったアンジェスという悪の冒険者が、身をもって俺に教えてくれたことでもある。

「良いでしょう。合格ですわ」

心なしか晴れやかな表情を浮かべながらも、クラリスは言った。

「……悔《くや》しいですが、認めざるを得ませんわ。貴方《あなた》からの背後に確固たる『騎士道精神』が見えましたの」

騎士道精神か。なんだか随分《ずいぶん》と買い被《かぶ》られてしまったな。

その時、俺の脳裏《のうり》に過《よぎ》ったのは、いつの日かアイシャから言われた台詞《せりふ》であった。

『でも、アンタと一緒にいると時々、生まれたての赤子を見ているような不安な気持ちになるの。実力はA級でも、アンタの精神はFランクよ！』

アイシャから研修を受けておいたのは正解だったな。

やはり世の中というものは、良いことをすると、ある程度は自分に返ってくるようになっているようだ。
とにかくまあ、こういうわけで。
俺は無事に騎士団の仮入団試験を突破するのであった。

6話　竜の刺客

To tell the truth, F-rank magic swordsman is the strongest!

「ユーリ殿。それにしても一体、どんな手品を使ったのだ？」


それから翌日のこと。

時刻は日が明けてから間もない早朝である。

試験に合格した俺とリコは、クラリスに指定された待ち合わせ場所に向かって歩いていた。

「恐れ入ったぞ。まさか、あの男嫌いのクラリスに力を認めさせるとは……」

「ああ。実を言うと、試験の日の夜に色々とあったんだ」

指定の場所に到着するまでの間、俺はリコに対して昨夜に起きたことを事細かく説明してやることにした。

「……そのようなことがあったのか。私も起きて見張りを手伝っていれば良かったな。勿体《もったい》ないことをした」

話を聞いたリコは、何やら複雑そうな面持《おもも》ちを浮かべていた。

ふうむ。

よくよく考えてみれば、リコは俺たちが戦っている間ずっと眠っていたわけか。

寝相と寝言も凄《すさ》まじかった。

あれだけ色々と騒ぎがあって熟睡できるのは、ある意味では凄《すご》い才能なのかもしれない。

「なあ。ところで待ち合わせの場所って、こっちで本当に合っているのか？」

「おかしいな。たしかにそのはずなのだが……」

事前に聞かされていた情報によると、ルミナリアに移動するためには『車』を利用するらしい。

車というと、この世界では馬車のことだろう。

いつの間にか俺たちは、見晴らしの良い山岳地帯にまで足を延ばしていた。

もし馬車を使うのであれば、待ち合わせ場所が山の上というのは、奇妙な話である。


「こっち！　こっちですわー！」


異変が起きたのは、俺がそんなことを考えていた直後のことであった。

んん？　今、クラリスの声が聞こえたような気がするぞ。

この声は、もしかして空の上からか。

プチワイバーン　等級Ｄ

疑問に思って、視線を上げてみる。

初めて見る魔物だ。

そこにいたのは体長三メートルにも満たない小型のドラゴンに乗って、俺たちの方に手を振っているクラリスの姿であった。

「お姉さまあああああああああぁぁぁ！」

プチワイバーンから飛び降りたクラリスは、一直線にリコの胸元に向かって飛び込んでいく。落下時の加速が緩《ゆる》やかになっているのは、風魔法によって速度をコントロールしているからだろう。

「どわっ！」

五十メートルほどの高さからクラリスに押し倒されることになったリコは、苦痛の声を上げた。

「はわわ～ん。お姉さまぁ。会いたかったですわ。ほっぺ、スリスリ～」

「ええい！　暑苦しい！　離れんか！　馬鹿者！」

ふうむ。この二人、相変わらずに仲が良いようで何よりである。

リコの方は露骨に嫌がっているように見えるが、美女二人がくっついてる様子は絵になるも

のだな。

「驚いたよ。車で移動するって聞いていたから、てっきり馬車で来るものとばかり思っていたのだが……」

「あら？　都会では『竜車』くらい別に普通ですわよ」

なるほど。

この乗り物（？）は、『竜車』と呼ぶのか。

正直、どこに車の要素があるのか分からないが、クラリスがそう呼ぶならそうなのだろう。

「ルミナリアは東の海を渡った先にある大国ですからね。馬車を使った場合、いくら月日があっても足りませんわ。まあ、Ｆランクの誰かさんには、分からないでしょうけどね」

そうだったのか。

俺たちの住んでいるリデイアルも、この辺りの地域ではそれなりに大きな街なのだが、クラリスの話を聞く限り、ルミナリアは更に大きな街のようだ。

前に見た『夢のお告げ』の件も気になるし、これはルミナリアに到着するのが楽しみになってきたな。

～～～～～～～～～～～～～～

でだ。

クラリス、俺、リコという並びで、プチワイバーンに搭乗《とうじょう》する。

クラリスの勧めによって『竜車』に乗った俺たちは、空の旅へと飛び立った。

「うむ。いつ見ても『竜車』から見る眺めは絶景だな」

ドラゴンに乗って二時間くらいが経過しただろうか。

二人の美女たちに挟まれるような形でスタートした『空の旅』であるが、一つだけ気になることがあった。

「なあ。このドラゴン、もうちょっと速く飛べないのか？」

プチワイバーンの飛行するスピードが思った以上に遅かった。

もともと小さなドラゴンということもあるのだろう。

三人で乗るのは、かなりギリギリという感じだ。

ドラゴンにも疲れが見え始めていた。

「……仕方がないですわ。このドラゴンは、本来、二人乗りなのですから」

なるほど。

たしかに小型のドラゴンでは、同時に三人乗るのは、無理があるのかもしれない。

「無理をさせるのも可哀想《かわいそう》だな。あそこにある小島で一旦、休憩しようか」

そう言ってリコが指さした先にあったのは、周囲が海に囲まれている絶海の孤島であった。

なるほど。

この辺りでドラゴンが休めるポイントというと、たしかにあそこの島くらいしかなさそうだな。

異変が起きたのは、俺がそんなことを考えていた直後のことであった。

「ん？　あそこに何か見えないか？」

千メートルくらい離れた上空から、黒色の生物が近づいてくるのが分かった。

最初は小豆《あずき》くらいのサイズに見えた黒色の生物は、超速いスピードで俺たちの方に加速しているようだった。

ダークワイバーン　等級B

少し遅れて俺たちの視界に入ったのは、体長五メートルを超えようかという大型のドラゴンの姿であった。

「な、なんですの!?　あの禍々《まがまが》しい竜は!?」

「おい！　こっちに向かって飛んでくるぞ！」

リコとクラリスも、遅れてダークワイバーンの存在に気付いたようだ。

「ぐぎゃあああああああああああああす！」

ダークワイバーンの攻撃。

大きく口を開いたダークワイバーンは、巨大な火球を浴びせにかかってくる。

「まずい！　ぶつかるぞ！」

リコの言う通り、まずい状況になった。

今の疲れ切ったプチワイバーンの機動力では、目の前の火球を避けるのは難しそうである。

「ライム！」

「キュッ！」

仕方がない。

ここはライムにカバーに入ってもらうより、他に対抗手段はなさそうである。

俺の命令を受けたライムは、大きく体を膨《ふく》らませて巨大な火球を飲み込んでくれた。

「ユーリ殿！　二撃目がくるぞ！」

むう。どうやら今回の敵は、それなりに厄介《やっかい》そうである。

ライムは先程の火球を消化するのに、暫《しばら》く時間がかかりそうだ。

となると俺に切れるカードは、残すところ一枚だけだろう。

「召喚！　スカイドラゴン！」

この空中戦を制するためには、こちらもドラゴンを使うのが良いだろう。

俺はプチワイバーンから素早くスカイドラゴンに乗り換えることによって、敵の注意を引くことに成功する。

「なっ！　スカイドラゴンだと……!?」

「大型のドラゴンを召喚……!?　そんなことが人間に可能ですの……!?」

ふうむ。

二人の反応を見れば、鈍感な俺でも流石《さすが》に理解できる。

どうやらドラゴンを召喚することは、それなりに珍しいことのようである。

俺が召喚したスカイドラゴンを前にした二人は、それぞれ驚愕《きようがく》する。

「ぐぎゃあああああああああああす！」

狙いを俺たちの方に絞《しぼ》ったダークワイバーンは、火球の連続攻撃を食らわしてくる。

「いけるか！　スカイドラゴン！」

「クウウウン！」

俺が召喚したスカイドラゴンは、プチワイバーンと比べて体感で三倍を超えるスピードを誇っていた。

火球の間を縫《ぬ》うようにして高速移動したスカイドラゴンは、そのままダークワイバーンに接敵する。

「終わりだ！」

スカイドラゴンに乗ったまま、剣を抜いた俺はそのまま敵の体を引き裂いた。

作戦成功。

これもスカイドラゴンが、敵との距離を上手《うま》く詰めてくれたおかげだな。

ダークワイバーンの肉体は、二つに引き裂かれて、海の中に沈んでいく。

「竜騎士アレクサンドロフ」

んん？　これは一体どういうことだろうか？

無事にダークワイバーンを撃墜《げきつい》すると、何やらクラリスが意味深な言葉を呟《つぶや》いたようであった。

「なに……!?」

「わたくしの思い過ごしでしょうか。アイザワ・ユーリの姿が、伝説の竜騎士の姿と重なって見えましたの」

竜騎士アレクサンドロフ、か。

聞いたことのない名前だな。

だが、何やら歴史上の偉人になぞらえて褒められているということだけは分かった。

竜に乗った騎士『竜騎士』か。

今の俺は、騎士団に仮入団中の身分であるし『竜騎士』というのは、ピッタリの言葉なのかもしれないな。

～～～～～～～～～～～～～～～

一方、その頃。

ここはユーリたちが目指している水の都《ルミナリア》から、東に十キロほど離れた《エリーゼの湖》という場所である。

元々は、美しい湖と平原が広がる、観光客が集まることが多かったエリアなのだが、現在は一転して、巨大な闇によって閉ざされていた。

「さあ。アクア。知っていることを洗いざらい吐いてもらいましょうか！」

「…………」

湖の傍には、現在一組の男女が存在していた。

美しい青色の髪の毛の女の名前は、アクアという。

何を隠そう、ユーリの夢の中に入り、《ルミナリア》に来るように指示をした人物であった。

「……なんのことでしょうか？」

「惚《とぼ》けても無駄です！　貴方《あなた》が魔法を使って、何者かに連絡を取っていることは分かっているのですよ！」

アクアに対して詰め寄っている男の名前は、サリエルという。

古くより闇の組織《ナンバーズ》に所属して、中心メンバーの一人として暗躍していた闇の魔族であった。

「誰に助けを求めたかは知りませんが、無駄な抵抗というものです！　外部からの侵入者には、ワタシの眷属《けんぞく》たちに徹底的に排除するよう命令をしていますからね」

状況は既に絶望的といってよい。
サリエルは、この世界に生きる魔族の中でも最強格の人物である。
アリが何千匹と集まってもゾウには敵《かな》わないのと同じことだ。
人間たちが束になったところでサリエルに勝てる道理はないのである。
それくらいのことは《水の巫女《みこ》》と呼ばれて、数百年の時を生きたアクアなら理解しているはずであった。

「サリエル様！　大変です！」

慌てた様子でサリエルの元に駆けつけたのは、彼の部下である魔族の男であった。

「海上を警備していたダークワイバーンが一匹、何者かにより撃墜《げきつい》された模様です！」

「「…………!?」」

部下から報告を受けたサリエルは驚愕する。

ダークワイバーンは、サリエルが使役しているモンスターの一匹である。

等級はBランクのモンスターであるが、その実力はA級モンスターにも匹敵するとされている。

並大抵の人間ではまるで歯が立たない力を持っていたのだ。

（ユーリさん……。ユーリさんが来てくれたのですね……）

アクアは思う。

このタイミングで救援に来てくれる強者《つわもの》というと、夢の中で救援を求めたユーリ以外には存在しないだろう。

「なるほど。貴方の仕業《しわざ》というわけですね。水の巫女」

事態の急変を察知したサリエルは、アクアに向かって怜悧《れいり》な眼差《まなざ》しを向け始める。

「報告ご苦労。貴方はもう用済みです」

「…………!?」

次にサリエルの取った行動は、アクアにとって予想外のものであった。

何を思ったのか、サリエルは自らの掌《てのひら》を刃に変えて、部下の頭を跳ね飛ばしたのである。

「あ、貴方……！　一体、何をして……!?」

サリエルの取った奇妙な行動は、アクアの感情を恐怖のどん底に落とした。

「ふふふ。ワタシの能力は、生物の死体を『闇の魔力』に変換するものでね。常に新鮮な贄《にえ》を必要としているのですよ」

サリエルがパチンと指を鳴らした次の瞬間。
部下の死体から生成された、闇の魔力はアクアの肉体に向かって飛んでいく。

「～～～～っ！」

闇の魔力を全身に受けたアクアは悶絶《もんぜつ》の表情を浮かべる。
サリエルの作る闇の魔力は特別製だ。
現存する五属性の魔力のどれにも当てはまらない特性を持ち、触れるだけで全ての生物を衰弱させる効果がある。

「はぁ……はぁ……。これくらいのことでは……。屈しません……」

だがしかし。
己の魔力を全身に纏《まと》わせたアクアは、間一髪《かんいっぱつ》のところで闇の魔力を撥《は》ね除《の》けることに成功する。

この世界に存在する種族の中でも最も希少な『精霊族』に位置するアクアは、魔族すらも凌《しの》ぐ膨大《ぼうだい》な魔力を保有していたのだ。

「ほほう。流石《さすが》は精霊族、といったところでしょうか。ここまでワタシの力に抗《あらが》った生物は、貴方が初めてですよ」

サリエルの目的は、闇の魔力によってアクアを堕落《だらく》させて、この世界を支配することにあった。

水の巫女アクアには、それだけの価値が存在していたのである。

(……どうやら彼女を手に入れるには、更なる『闇の魔力』が必要なようですね)

濃密な闇の魔力が漂う空間の中で、サリエルは独り、呟《つぶや》くのであった。

7話　ドラゴン・ポート

To tell the truth, F-rank magic swordsman is the strongest!

それから。

突如として襲来したダークワイバーンを返り討《う》ちにした俺たちは、改めて、水の都に向けての旅を再開していた。

「凄《すご》いな。この竜は。プチワイバーンより、ずっと速いぞ！」

俺の背中を抱きかかえて、スカイドラゴンに搭乗《とうじょう》したリコは、興奮した口調で呟いた。

今まで乗っていたプチワイバーンは明らかに疲弊《ひへい》して、パフォーマンスが落ち始めていたからな。

せっかくなので、俺とリコは、新しく召喚したスカイドラゴンに乗り換えることにしたのである。

「むう。気に入りませんわ。わたくしに恥《はじ》をかかせてくれましたわね……！」

プチワイバーンに乗って隣を飛んでいるクラリスは、何やら恨み言を口にしているようであった。

実際、スカイドラゴンに乗り換えてからというもの、移動スピードは飛躍的に上がっていた。

疲れの見えていたプチワイバーンも、俺とリコがスカイドラゴンに乗り換えてからというもの、元気を取り戻しているようだ。

さて。

暫《しばら》く海の上を飛んでいると、やがて、大きな街が見えてくる。

「ユーリ殿！　目的地が見えてきたぞ！」

街を目にしたリコが声高に叫んだ。

ふうむ。

当初の予定ではルミナリアに到着するのは、夕暮れ時だったはずなのだ。

どうやらスカイドラゴンの活躍によって、大幅に時間を短縮できたみたいである。

「アイザワ・ユーリ。ルミナリアに到着する前に一つだけ忠告したいことがありますわ」

隣を飛んでいるクラリスは、何やら改まった口調で俺に言う。

「ああ。なんでも言ってくれ」

「我々は『極秘クエスト』を達成するために来たのです。任務の都合上、くれぐれも街の中で目立つような真似《まね》は、避けるようお願いいたしますわ」

なるほど。

たしかに今回のクエストは、現地に到着するまで、詳細を聞くことすらも禁止させられているくらいだからな。

ここから先は可能な限り、隠密《おんみつ》な行動を心掛けるべきなのかもしれない。

「なあ。ところで、どこに降りれば良いんだ？」

そうなると気になってくるのは、街のどこに着陸するか、ということである。

何せ、俺たちの乗っているスカイドラゴンは、ドラゴンの中でも大型の種族である。

人通りの多い場所に着陸しようものなら、街に到着して早々にして騒ぎを起こしてしまうかもしれない。

「港の直ぐ近くにドラゴン・ポートがありますわ。まずはそこに着陸しましょう」

んん。聞き覚えのない単語が出てきたな。

ドラゴン・ポートとは一体、なんのことだろうか。

「……ユーリ殿は、知らないと思うから説明しておこう。ドラゴン・ポートとは竜車を一時的に止めるための施設なのだ」

事情を知らない俺を察して、リコが説明してくれる。

曰《いわ》く。

ドラゴン・ポートとは、大都市の間を繋《つな》ぐための『駅』のような役割を果たしている場所であるらしい。

この施設には『竜師』と呼ばれる人間がおり、街に滞在している間の竜の世話を任せることもできるのだとか。

「なるほど。そんな場所があったのか」

この世界は、まだまだ俺の知らないことだらけだな。

俺たちの住んでいるリデイアルも割と大きな街なのだが、ドラゴン・ポートのような特殊な施設はなかったような気がする。

「さあ。説明も済んだことですし、早く着陸しますわよ」

今まで豆粒サイズに見えていた人たちが、次第に大きく見えてくる。

こうして俺たちは、スカイドラゴンに乗ったまま、ドラゴン・ポートに着陸することにした。

「お、おい……！　なんだよ、あの竜は……！」

「こっちに向かってきているぞ！」

んん？　これは一体どういうことだろうか。

俺が着陸しようとすると、周囲にいた人々が俄《にわか》にザワめき始めているのが分かった。

「なあ。兄ちゃん。もしかして、その竜は、兄ちゃんの竜なのか!?」

近付いてきた男の一人が、俺に向かってそんな疑問を投げかける。

「ああ。もちろん、その通りだが……」

「信じられねえ。オレは、この『竜師』の仕事を二十年はやっているが、こんな立派な竜を見るのは初めてだぜ……！」

そうだったのか。

たしかにコイツは、竜の谷《ドラゴンバレー》にいた竜たちの中でも、一番大きくて雰囲気《ふんいき》のある奴だったからな。

この施設にいる竜は、プチワイバーンのような小型種が中心のようだ。

彼らにとって大型種のスカイドラゴンは、珍しい存在なのかもしれないな。

「だがよ。兄ちゃん。残念だが、そのサイズのドラゴンは、ウチの竜小屋じゃ預かることはできねえぞ？」

「そうなのか？」

「見ての通り。ほら。ウチの竜小屋は天井の高さが二メートルしかないからな。預かることのできる竜のサイズには制限があるのさ」

「ああ。それなら問題ないぞ」

元々、俺はドラゴン・ポートに竜を預けるつもりはサラサラなかったからな。

俺の持っている《口寄せ》のスキルは、解除すると元いた場所に戻すことができるのだ。

「お疲れ様。後は家でゆっくり休んでいてくれ」

「クウウウウン！」

俺が《口寄せ》のスキルを解除した次の瞬間。
スカイドラゴンは、たちどころにその姿を消していく。

「「「なっ！　んなあああああ!?」」」

巨大な竜が姿を消していく光景が珍しかったのだろうか。
周りにいたギャラリーたちは、次々に驚きの声を上げているようであった。

「おいおい。待ってくれよ。兄ちゃん。テイマーだったのか！　しかも、大型種のドラゴンと契約だとぉ!?」
「？　もしかして、珍しいことなのか？」
「当たり前だ！　ドラゴンっていうのは、大きくなるほど警戒心が強くなる生物なんだよ。これだけの竜と契約を結べるテイマーなんて聞いたことがないぜ！」

そうだったのか。

たしかコイツは、不正なドラゴンハンターに狙われているタイミングで助けたことによって、契約を結ぶことができたんだよな。

考えようによっては、あの日は、竜を仲間にできる数少ないチャンスだったのかもしれない。

「あの男、人の話を聞いていましたの⁉　目立たないよう行動してほしいと釘を刺したばかりではありませんか！」

「諦めろ。クラリス。ユーリ殿に『目立たないように行動するな』というのは、最初から無茶な注文だったのだ」

何故だろう。

俺がギャラリーたちの熱狂に囲まれている一方で、リコ&クラリスは冷ややかな視線を向けてくるのだった。

～～～～～～～～～～～～～～

でだ。

無事にルミナリアに到着した俺たちは、クラリスの『騎士団の本部』を目指していた。

「おお……。これは凄《すご》いな……！」


俺の視界に飛び込んできたのは、今までに見たこともないような大都会だった。

水の都、とは言い得て妙だ。

このルミナリアは海に面した都市であり、街中の至るところに水路が設置されている。

まさに海と街が一体になった場所だ。

エメラルドグリーンに輝く海の中では、様々な魚が泳いでいるのを確認することができた。

「おーい！　何をしているのだ！　ユーリ殿！　先に行ってしまうぞー！」

「ああ。すまない。今行くよ」


いかん、いかん。

あまりの景色に圧倒されていて、歩くペースが遅れてしまっていたようだ。

俺は観光のために、ルミナリアを訪れたわけではないのだ。

ゆっくり街を見て回るのは、仕事が終わってからでも遅くはないだろう。

「ん……？　これは一体……？」

俺は不意に近くにあった噴水の中心部に、気になる物体を発見する。

何故だろう。

この石像の女性を、どこかで見たような気がするんだよな。

「なあ。この石像はなんなんだ？」

「ああ。その方は、水の巫女《みこ》『アクア』様だな。この街を象徴するシンボルとなっている存在だ。そもそも、このルミナリアは、今より遥《はる》か昔、アクア様が作ったものと言われているのだ」

なるほど。そんなに凄い人物だったのか。

「なあ。リコ。俺、この人にどこかで会ったような気がするのだが……」

何故だろう。

素直に思ったことを口に出そうとすると、二人の視線が途端に冷たくなっていくのが分かった。

「……やっぱり俺がおかしいのだろうか？」

「冗談も大概《たいがい》にして下さいまし！　次にアクア様を侮辱《ぶじょく》したら、別の意味で騎士団にお世話になることになりますわよ！」

「大丈夫だ。安心してほしい。ユーリ殿が普通じゃないのはいつものことだからな」

何やら酷い言われようである。

どうやら二人は俺がアクアと知り合いだと言っても、まったく信じてくれそうにはない様子であった。

「まったく、妄想は夢の中だけにしてほしいですわ」

クラリスが何気ない言葉を口にした。

その時、俺の脳裏《のうり》には、電気が走ったかのように記憶が蘇《よみがえ》った。


「…………!?」


そうか。思い出した。

夢だ。夢の中の話なんだ。

その時、突如として俺の脳裏に過《よぎ》ったのは、いつの日か見た夢の光景である。

この女性は、以前に見た『夢のお告げ』で出会った人物とよく似ているのだ。

水の巫女、アクアか。

彼女が俺に助けを求めてきた人物であるのだとしたら、この《ルミナリア》に呼び出されたことには、やはり意味があるような気がしてきたな。

「ありがとう。クラリス。おかげで答えが分かったよ」

「はい？　貴方《あなた》、何を言っていますの？」

喉《のど》の奥につかえていた小骨が取れたような、清々しい気分である。

どうしよう。

二人には本当のことを打ち明けるべきなのだろうか。

夢のお告げの内容がたしかなのであれば、世界が滅亡の危機に陥《おちい》っているという話も信憑《しんぴょう》性《せい》を帯びてくる。

「お姉さま。この男、本当に大丈夫なのでしょうか？」

「……気にしないでくれ。ユーリ殿の考えていることは、所詮《しょせん》、凡人《ぼんじん》には理解が不可能なのだ」

いや、今は止めておいた方が良さそうだな。

二人に対して『夢の中で会っていた』とでも伝えれば、益々《ますます》笑われてしまうことになりそうだ。

仕方がない。

今のところ、この記憶は俺の胸の内だけに留めておくのが良さそうである。

～～～～～～～～～～～～～～～～


それから。

ルミナリアの街に到着してから、暫《しばら》く移動を続けていると何やら立派な建物が見えてきた。

大きいな。

これだけ大きな建物は、俺たちの住んでいるリデイアルにはなかったよな。

冒険者ギルドより立派な建物を見たのは、この時代に転生してから初めてな気がする。

「到着しました。ここはルミナリアの騎士団本部、通称『銀色の盾』ですわ」

なるほど。

どうやら騎士団にとって『盾』というアイテムは、象徴的なシンボルとなっているようである。

建物の中の至る所に、盾の置物が飾られているようであった。

クラリスに案内された俺たちは、建物の中でも目立つ立派な部屋に足を運んだ。

「待っていたぞ。冒険者どの」

マリウス・ユーバッハ
種族　ヒューマ
性別　男
年齢　62

部屋の中で待ち構えていたのは、やたらと貫禄《かんろく》のある老人の姿であった。

「なっ——！　どうしてマリウス様がここに!?」

リコが何やら驚いている。
こんなに焦っているリコの顔を見るのは初めてだ。
どうやら目の前の人物は、只者《ただもの》ではないようである。

「なあ。このオッサンは、そんなに凄いやつなのか？」

「…………!?」

俺の思い過ごしだろうか。

素直に思ったことを尋ねてみると、リコの顔色が心なしか青ざめていくのが分かったな。

「ユーリ殿！　何を言っているのだ!?　この方は、世界屈指の魔術師で、『宮廷魔術師』の地位を冠する人物だぞ！」

リコは『流石《さすが》にそれくらいは知っているだろ！』という口調で詰めてくるのだが、当の俺はというと、まったくピンとこなかった。

「ん？　ところでその、宮廷魔術師って、なんだ？」

「～～～～～ッ！」

リコが呆然《ぼうぜん》と立ち尽くしている。

かける言葉が見つからない、といった様子であった。

もしかして俺、さっそく何か失敗をしてしまったのだろうか？

このリコの反応は、俺の非常識に驚いている時のリアクションである。

外見こそ『青年』のように見えるが、この世界に転生してから、俺が生活した時間は一年にも満たないのだ。

前々から気付いてはいたのだが、どうやら俺は色々と常識が足りない部分があるらしい。

「……マリウス様。数々の非礼をお詫《わ》び申し上げますわ」

硬直する俺たちを置いて素早く動いたのはクラリスであった。

マリウスの前に出たクラリスは、地面に膝をつけて頭を深々と下げる。

「良いのだ。クラリスよ」

思慮《しりょ》深い印象の、落ち着いた口調でマリウスは続ける。

「むしろ彼は、我々の望んでいた通りの人物かもしれぬ。ワタシは常識に囚われない、強きものを求めていたのだ」

なるほど。何やら込み入った事情があるようだ。

考えてみれば、俺のようなどこの馬の骨かも分からない冒険者に、力を借りるくらい困っているようだからな。

この国の騎士団は、それなりに逼迫《ひっぱく》した状況にあるのだろう。

「時間がないので単刀直入《たんとうちょくにゅう》に言う。この国は、現在、国家存続の危機にある」

「「…………!?」」

おいおい。なんだか急に大きな話になってきたぞ。

どうやら事態は、俺が思っていたよりも更に上のレベルで深刻であるらしい。

「どういうことですか……!?」

「特異点。その存在が、この国の中に確認されたのだ」

「…………!?」

俺の思い過ごしだろうか。

特異点という単語を聞いた途端、リコの顔色が青ざめたような気がした。

「なあ。その特異点っていうのは、なんなんだ？」

「ふうむ。ところで冒険者殿。まずは貴殿の名前を教えてはもらえないだろうか」

「アイザワ・ユーリだ」

「なるほど。ユーリ殿か。貴殿は不思議な人だな。どうやらユーリ殿は、この世界の常識について少しだけ疎《うと》いと見える」


それから。

マリウスは、特異点なるものの存在を俺たちに聞かせてくれた。

曰《いわ》く。

特異点とは、強力な『闇の魔力』によって汚染されたエリアのことを指すらしい。

この街から、東に十キロほど離れた所にエリーゼの湖という場所がある。

元々は美しい湖が広がるエリアだったが、今は闇の魔力に汚染されて、立ち入りが禁止になっているという。

「そんな……。どうして国は、特異点の存在を放置しているのですか⁉」

「もちろん、対応はした。だが、まったくの無意味だったのじゃ」

特異点の調査のために遣わした騎士は、既に数百人を下らないという。

だが、派遣した騎士たちの大部分は、そのまま行方《ゆくえ》不明になってしまったらしい。

「騎士団は、国防の要《かなめ》。これ以上、騎士を失えば、国家の存続が危ぶまれることになる」

なるほど。そこで俺たち冒険者に白羽の矢が立ったというわけか。

その時、俺の脳裏《のうり》に過《よぎ》ったのは、いつの日か見た『夢のお告げ』の光景であった。

『今直ぐに、水の都《ルミナリア》に向かって下さい！　さもなければ世界は破滅を迎えることになるでしょう』

ううむ。あの時、聞いた『世界の破滅』という言葉は、あながち間違いではないということなのかもしれない。

ここまで大事になってくると、所詮《しょせん》は『夢のお告げ』と切り捨てるわけにもいかなそうだな。

「大体、事情は把握《はあく》した。で、俺たちは一体、何をすればいいんだ？」

「ふむ。流石はユーリ殿。話が早くて助かるよ」

どこか感心したかのような口振りで、マリウスは続ける。

「試験に合格した冒険者の方々は、我々、騎士団と合流して《エリーゼの湖》に向かってもらいたい。特異点を生み出す原因を調査して、闇の魔力の根絶を目指すのじゃ！」

なるほど。今まで謎に包まれていた『極秘クエスト』の全容が、ようやく明らかになったような気がするな。

冒険者ギルドの中で、公《おおやけ》の情報にできないのも納得である。

今回のクエストは、今まで受けてきたものとは比較にならない、スケールの大きいレベルのものであるようだ。

「今回の任務にはワタシも同行しよう」

おそらく武器として利用しているのだろう。

先端に大きな魔石のハメこまれた杖《つえ》を手に取りながら、マリウスは言った。

「そ、そんな……。マリウス様が直々に参加するのですか!?」

「ふぉふぉふぉ。なにせ、この老体じゃ。全盛期からは程遠いが、少しは戦力にもなるだろう。若い者たちには、まだまだ負けられないのう」

このじいさん。謙遜《けんそん》が過ぎるな。

強い人間というのは、案外少し喋《しゃべ》っただけで、その実力の片鱗《へんりん》となるオーラを感じ取ることができるものなのだ。

年こそ取っているようだが、マリウスは、今まで俺が出会ってきた人間たちの中でも最強格の実力を持っているような気がする。

たしかに今回のクエストは危険が多そうだ。

だが、マリウスのような強者《つわもの》と一緒に参加できるのならば、意外と安全性は高いのかもしれない。

8話 リコの誓い

To tell the truth, F-rank magic swordsman is the strongest!

それから。

宮廷魔術師のマリウスから仕事の詳細を聞いた俺たちは、近くにあった宿で夜を過ごす。

どうやら『特異点』に向かう日程は、明日の早朝であるらしい。

明日の仕事に備えて、しっかりと休養をとることが、俺たちに与えられた最初の使命であるようだ。

『……ユーリ殿。私は暫《しばら》くの間、家族に挨拶《あいさつ》に行ってくる』

ああ。そうそう。

リコはというと、久しぶりに帰省《きせい》をしたということで、親族の集まりに顔を出しに行くのだそうだ。

『いいか。私が見ていないからといって、くれぐれも外で目立つような行動は避けるのだぞ。明日、私が迎えに行くまでの間、宿の中で大人しくしていてくれ！』

別れ際にリコから言われた言葉を思い出す。
どうやらリコは、外で俺が目立つような行動を取らないか心配しているようだ。
これぱかりは色々と前科があるので、致し方のない部分もある気がする。

「キュー！」

暫く宿で自分の時間を過ごしていると一緒にいたライムが、何やら不満そうな声を上げていた。

「ん？　ライム。腹が減ったのか」
「キュー！　キュー！」

そういえば朝に軽く食事をとって以降、今日は何も食べていなかったな。

せっかく新しい街を訪れたのだ。

そろそろ日も暮れる頃合いだし、今晩はどこかの店で食事をとる。

目立つような行動を取らなければ、リコもそれくらいのことは許してくれるだろう。


～～～～～～～～～～～～～～


でだ。

宿を出た俺は、適当な飲食店を求めて、街の中をブラつくことにした。

ううむ。それにしても広い街だな。

どこに飲食街があるのかも、広すぎてサッパリ見当がつかないぞ。

俺の住んでいるリデイアルであれば、適当に歩けば直ぐに小汚い屋台が並んでいるエリアを発見できるのだが、今のところ、それらしい場所は発見できない。

むう。困ったな。

街が大きすぎるというのも、何かと不便なものなのかもしれない。

「んん……？」


暫く街の探索を続けていると、見覚えのある人物を発見する。

リコだ。大きな石の前に片膝をついたリコは、何やら祈りを捧げているようであった。

墓地か。

よくよく観察してみると、この辺りは似たような石が規則的に立ち並んでいる。


「む。ユーリ殿か」

俺の存在に気付いたリコは、おもむろに呟《つぶや》いた。


「何をしているんだ？」

「久しぶりに故郷に戻ったからな。墓参りをしているのだ」

風に靡《なび》く髪の毛を手で押さえて、儚《はかな》げな雰囲気《ふんいき》でリコは言った。

初めて見る表情だな。

おそらく、墓の下で眠っている人は、リコにとって大切な人なのだろう。

「家族に挨拶は済ませたのか？」

「ああ。二年振りに母上と会ってきた。変わりなく元気そうだったよ。今は父上に挨拶しているところだ」

ふうむ。どうやら墓の下にいるのは、亡くなったリコの父親であるらしい。

家族に挨拶というのは、墓参りの意味も込められていたのだな。

「私の父は、とても優しい人だった。子供の頃、遊んでもらっていた時のことを、今でも時々思い出すことがあるよ」

それから。リコは亡くなった父親のことを話してくれた。

曰《いわ》く。リコの父親は、先祖代々、続く騎士の家系の長男として生まれた人格者であったらしい。

戦争によって、命を落とすまでは、常に多くの人たちに囲まれていたのだとか。

「さて。私もそろそろ宿に行くとするか」

「家には戻らなくて良いのか?」

リコが立ち去ろうとするので、俺は素直に気になっていることを尋ねてみる。

「……母は再婚して、今は新しい幸せを摑《つか》んでいるんだ。これ以上は、会わない方が良いだろう」

「…………」

なるほど。

色々と訳ありのようだな。

どうやらリコは、父親を亡くしてからは何かと孤独な人生を送ってきたようだ。

もしかしたらリコが冒険者になった理由は、父親の死とも関係しているのかもしれない。

異変が起こったのは、俺がそんなことを考えていた直後のことであった。

「あっれぇぇぇ！　誰かと思ったら、リコじゃねぇーか！」

バリィ・ブラスト
種族　ヒューマ
性別　男
年齢　23

俺たちの目の前に軽薄そうな一人の男が現れる。

身に着けた衣装から察するに騎士団の人間だろうか。

だが、見るからに不真面目《ふまじめ》そうな男である。

今まで俺は騎士団で働く人たちに対して、真面目で規律正しいイメージを抱いていたのだが、どうやら例外的なケースも存在しているらしい。

「バリィか……。私になんの用だ？」

「つれないねぇ……。用がなければ、『元』許嫁《いいなずけ》に会っちゃいけないのかい？」

許嫁とは、一体どういうことだろうか。

何やら二人の間には、ただならない事情が存在しているみたいである。

「今日はオレ様に、新しいカレシを見せつけるために里帰りっていうわけだ？」

ニヤリと黄ばんだ歯を覗《のぞ》かせながらバリィは言った。

「な、何を言うか！　私はともかく、ユーリ殿まで愚弄《ぐろう》するとは許さないぞ！　それに許嫁の話は既に私が破談としたはずだ！」

「ハッ……。どうだかねぇ……」

バリィは吐き捨てるようにそう言うと、クルリと踵《きびす》を返して俺たちの前から立ち去っていく。

「まぁ、気が変わって、オレ様の女になりたいって言うなら教えてくれや。オレ様はいつだってウェルカムだからよ！　お前なら、特別に三番目くらいの女にしてやるぜ！」

むう。やはりというか、なんというか、このバリィとかいう男は、色々と信用できない人物であるようだ。

「なあ。あのバリィっていうのは、どんなやつなんだ？」

俺の思い過ごしだろうか。

バリィに出会ってからというもの、リコの顔色が露骨に曇り始めたような気がする。

「……見ての通り、最悪の男だ。しかし、皮肉なことに騎士としての実力は折り紙付きだ」

ふうむ。

たしかに、あのバリィとかいう男、軽薄そうには見えたが、身のこなしは軽やかで剣士としての実力はそれなりに高そうではあったな。

「ユーリ殿は以前に私に聞いてくれたな。どうして騎士団をやめて、冒険者になったのかと」

「ああ」

「……いつからか私は、うんざりしてしまったのだろう。誰かが敷いたレールの上を走る人生というものに」


なるほど。そういう事情があったのか。

元許嫁ということは、おそらくバリィとの結婚の話は家同士が決めた約束だったのだろう。

冒険者になろうと決めたタイミングで破談にしたというわけか。

安定しているといえば聞こえが良いが、騎士として生きていくのも、色々と楽ではない部分があるのだろうな。

９話　特異点に入る

To tell the truth, F-rank magic swordsman is the strongest!

それから。

ルミナリアの宿で一夜を過ごした俺は、リコと一緒に、クラリスから指定された場所に向かうことにした。

騎士団のメンバーたちが集まったのは、目的地である《エリーゼの湖》から少し離れた場所にある山の麓《ふもと》であった。

むう。どうやら既に準備の大部分は整っているみたいだな。

集まった騎士たちの数は、優に五十人は越えているだろう。

「ユーリ殿。待っていたぞ」

最初に声をかけてきてくれたのは、宮廷魔術師のマリウスであった。

「あれから、部下たちからキミの活躍について聞いてみた。入団試験の時も大活躍だったそうじゃないか」

「いやいや。大したことはしてないぞ？」

「ワタシの予想通り。やはりキミは只者《ただもの》ではないようだ」

参ったな。どうやら俺が知らない間に、随分《ずいぶん》と期待のハードルが上がってしまったみたいである。

「キミは今回の作戦の『切り札』といっても過言ではない。ユーリ殿の活躍には期待しているぞ」


切り札か。

俺の目からすれば、今回の作戦の切り札は、マリウスの方だと思うのだけどな。

このじいさんが隠し持っている実力は、未だに底知れないものがある。

「よぉ。リコ。また会ったみたいだな」

続けて俺に声をかけてきたのは、最近になって顔を覚えたばかりの、いけ好かない男であった。

「バリィか……」

「驚いたぜ。まさか、お前のカレシが、今回の作戦の『切り札』だったなんてな」

どうやらバリィは、俺とマリウスの会話を盗み聞きしていたみたいだな。

俺たちに声をかけてきたバリィは、完全に人を小バカにした態度を取っていた。

「よぉ、リコ。ちょうど良い機会だ。オレ様と、お前が連れてきたカレシ。どっちが『上』なのか、決着をつけようじゃねえか！」

「な、何を言うか……！　第一、私とユーリ殿はそういう関係ではないと何度言えば……！」

語気を強くして反論するリコであったが、当のバリィはまったく意に介していない様子であった。

「……アイザワ・ユーリ。気を付けて下さいまし。あの男、バリィはおそらく何か企《たくら》んでいますわ」

二人が口論をしていると、近くにいたクラリスが俺に耳打ちをしてくる。

「なあ。クラリスの目から見て、あの、バリィとかいう男は、そんなに凄《すご》いやつなのか？」
「悔《くや》しいですが、今の騎士団にバリィを超える実力を持った剣士はいないでしょう……」

どこか含みのある口調でクラリスは続ける。

「前回の遠征時は、百人の騎士たちが行方《ゆくえ》不明になった中でも、バリィだけは生き残ったという話です。やはり、騎士としての実力は頭一つ抜けていますわ」

なるほど。

つまりバリィは、この団の中では唯一、特異点に入った経験がある人物なのか。

だがしかし。

少しだけ腑《ふ》に落ちない部分がある。

いくら実力があるからといって、百人が行方不明になった遠征で、バリィだけが生きて帰ることなんてあるのだろうか？

戦闘力が評価されているということは分かったが、どこかきな臭《くさ》いにおいを感じてしまうな。


～～～～～～～～～～～～～～～～


それから。

出発の準備を整えた俺たちは、目的地に向かって移動を始めることにした。

目的地である《エリーゼの湖》に到着したのは、移動を開始してから三十分くらいが経過した時のことであった。

問題となっている場所は直ぐに分かった。

その場所に近付いていくにつれて、脳が本能的に拒絶するような薄気味悪い感覚が強まっていった。

「こ、これが特異点……！　なんという禍々《まがまが》しい魔力なんだ……！」


リコが驚くのも無理はない。

これは凄《すさ》まじいな。

見ているだけで呑《の》み込まれそうになるほどの、凄まじい圧力が広範囲に渡って続いている。

探索に向かった騎士団が行方不明になったというのも頷ける。

これほど強力な闇の魔力を見るのは初めてだ。

外側にいるだけでも身の危険を全身に感じるのに、内側に入るというのは、相当リスクが高そうである。


「ビビってんじゃねえぞ！　総員！　特異点への突入を開始するぞ！」


周囲を鼓舞するために、先陣を切って声を上げたのはバリィであった。

バリィは意味深な笑みを零《こぼ》しながらも、黒色の魔力が溢《あふ》れる空間に向かって突撃していく。

「クソッ……。バリィ様が行くならオレたちも……」

「行くしかないってことか……」


上司であるバリィが先陣を切ったことで、引き返すという選択肢《せんたくし》を断たれたのだろう。

他の騎士団員たちは、バリィの様子を見て恐る恐る続いていく。

さて。特異点の内部はというと、全体が墨《すみ》に塗り潰されたかのような、黒色の霧に覆《おお》われた場所であった。

元々は豊かな自然に恵まれていたのだろう。

その面影《おもかげ》となる痕跡は、各所に散見されている。

だがしかし。

現在は、草花が枯れて、大地は痩《や》せて、生命の気配をまるで感じることのない『死地』に変《へん》貌《ぼう》を遂《と》げているようである。

「ここが《特異点》か……！　なんという薄気味悪い場所だ」

「お姉さま！　警戒して下さいまし！　前方から闇の魔力が迫ってきていますわ！」

俺が迫りくる脅威《きょうい》に気付いたのは、特異点に突入してから間もなくしてのことであった。

んん？　これは一体どういうことだろう。

前方から迫った黒色の魔力から、突如として生命の反応を感じ取ることができた。


「「「グギャアアアアス！」」」

ダークゴブリン　等級C

闇の中から現れたのは、体長一メートルに満たない小型のゴブリン型のモンスターであった。

等級はCランクか。

通常種のゴブリンがEランクであったことを考えると、相当に強化されていそうである。

「な、なんだコイツら!?」

「お、おい……。どんどん数が増えていくぞ……！」

最初は数匹程度であった敵影は、汚染した大地を媒体《ばいたい》にして瞬く間に増殖《ぞうしょく》していく。

最終的に現れたのは、総勢百匹を超えようかというダークゴブリンの集団であった。

「「「グギャアアアアス！」」」

突如として現れたゴブリンの集団は、次々と先頭を歩いていた騎士たちに飛び掛かっていく。

「ひっ！　ひえええええ！」

「ヤバイぞ！　コイツら！」

強いな。このゴブリンたち。

通常種のゴブリンとは比較にならないほどのパワーとスピードだ。

強さとしてはＣランクのモンスターであっても、これだけの数が集まるとなれば相当な脅威である。

「皆の者！　ワタシに任せておけ！」

この状況を受けて素早く動いたのは、宮廷魔術師のマリウスであった。

「火炎旋風《ファイアーストーム》！」

素早く魔法を詠唱《えいしょう》したマリウスは、炎の嵐を敵集団に向かって浴びせにかかる。

「「「ギャアアアス⁉」」」

ダークゴブリンたちの断末魔《だんまつま》の叫びが、特異点の中に響き渡る。

凄《すご》いな。

今の一撃で、敵集団の七割は壊滅状態に陥《おちい》ったのじゃないだろうか。

これほど威力の高い魔法を他人が使っているのを見るのは、初めてなような気がする。

「今じゃ！　残党を蹴散《けち》らすのじゃ！」

「「「おおー！」」」

マリウスの活躍によって、味方の士気が上がったのだろう。

絶望的であった戦力差がひっくり返ったこともあって、それからというものゴブリンの残党たちは次々と倒されていく。

ふうむ。

どうやらマリウスは、たったの一発で悪い流れを断ち切ることに成功した。

やはり、このジイサン、只者《ただもの》ではないようである。

「チッ……。老いぼれのクソじじいが……。余計なことをしやがって……」

俺の思い過ごしだろうか。

無事に窮地《きゅうち》を切り抜けたタイミングで、バリィは周囲に聞こえないような小さな声で、そんな不穏な言葉を口にするのだった。

〜〜〜〜〜〜〜〜〜〜〜〜〜〜〜

でだ。

ダークゴブリンを蹴散らした俺たちは、《特異点》の探索を再開することにした。

だがしかし。

探索は、俺たちが思っていた以上に難航することになった。

「ひぃ！　敵だ！　敵が現れたぞ！」

「勘弁してくれ！　もう体力の限界だ！」

特異点に出現するモンスターはダークゴブリンだけではなかった。

ダークラビット　等級D

ダークウルフ　等級Ｃ

おそらく、この《エリーゼの湖》は、元々は『ゴブリン』『ウルフ』といった低級モンスターたちが集まる場所だったのだろう。

だがしかし。

闇の魔力を浴びたことによって、大人しかった低級モンスターたちは、戦闘能力と狂暴性を大幅に向上させているようであった。

「畜生《ちくしょう》！　いつまで続くんだよ……。この戦いは……！」

相次ぐ連戦によって俺たちは、次第に疲弊《ひへい》していった。

このままいくと、味方が音《ね》を上げるのも時間の問題のような気がする。

「バリィ様！　もう限界です！」

どうやら俺の予感は、的中していたらしいな。

先頭を歩く騎士の一人が、バリィに向かって泣きつき始めた。

「引き返しましょう！　今なら、まだ間に合います！」

「バカを言うな！　お前はオレ様に任務失敗の泥を被《かぶ》れというのか！」

「そ、それは……」

部下からの報告を受けたバリィは、あからさまに不機嫌な態度を取っていた。

「辛《つら》いのは、他の奴も一緒だろうが！　バカ野郎！」

「いえ。決して、そういう問題では……」

「オレ様に口答えする気か？　罰として、お前が先頭を歩けや！　どらあっ！」

「うわぁっ！」

逆上したバリィは、部下の体を勢い良く突き飛ばす。

異変が起きたのは、その直後のことであった。

ズザッ！
ズザザザアアアアアアアアアアアアアアアアアアアアアアアアアアアアアアアアアアアアアア
アアアアアアアアアアアアアアアアアアアアアアア！

突如として地面が割れるように窪《くぼ》んでいく。

「うわあああああああああああ！」

逆三角の形状に窪んだ地面は、突き飛ばされた味方の男の体を吸い込むようにして、地下深くに引きずり込んでいく。

サンドエンペラー　等級Ｂ

窪んだ地面の中心部から現れたのは、巨大な顎《あご》を持った昆虫のモンスターであった。
思い出した。
この攻撃の仕方、前世の世界に生息していた『アリジゴク』と呼ばれる生物に酷似《こくじ》しているな。

しかし、そのサイズはアリジゴクのような可愛《かわい》らしいものではない。

突如として地面に浮かび上がったクレーターは、直径十メートルは超えているだろう。

中心で待ち構えるサンドエンペラーは、牛の一頭くらいは軽々に丸呑《まるの》みしてしまいそうなほどの巨躯《きょく》を誇っていた。

「助太刀《すけだち》する！」

この危機的な状況を受けて、真っ先に動いたのは、またしても宮廷魔術師のマリウスであった。

「グラビティーボール」

次にマリウスが使用したのは、今まで俺が見たことのない種類の魔法であった。

重力の魔法か。少し思い出した。

この呪文はたしか、無属性魔法（上級）に位置する魔法だな。

前世の記憶によると、通常の『火』『水』『風』と比べて、無属性魔法の使い手は希少であった。

やはり、このジイさんは只者《ただもの》ではないみたいである。

「こ、これは一体……!?」

マリウスの杖《つえ》から飛んでいったグラビティーボールは騎士の体に命中。

フワリと味方の体を空中に浮かせて、窮地《きゅうち》から救った。

「おお！　流石《さすが》はマリウス様だ！」

「マリウス様さえいれば、我々は戦えるぞ！」

ギャラリーたちの熱狂が沸き上がる。

たしかにマリウスの魔法には、どんな窮地も好転させるパワーがあるように思える。

状況は決して楽観できないが、マリウスさえいれば、安心して戦うことはできそうである。

だがしかし。

そんな俺たちの希望は、一瞬にして消え失せることになった。

「どらよっ！」

「…………!?」

虚を衝《つ》かれる、というのは、こういう出来事を指すのだろう。

次に起きたことは、俺たちパーティーにとって完全に想定外のものであった。

「へへっ。あばよ。じじい。お前さえいなければ後は楽勝だぜ」

何を思ったのかバリィは、マリウスの背中を後ろから突き飛ばしたのである。

不意を衝かれてバランスを失ったマリウスの体は、アリジゴクの巣穴に向かって転落していく。

「ギギアアアアアアアアアアアアアアアス！」

待っていましたとばかりにサンドエンペラーは、マリウスの体を丸呑みにしてしまう。

おいおい。

大変なことになってしまったぞ。

敵に飲み込まれる寸前、マリウスは咄嗟《とっさ》に防御魔法を発動したかのようにも見えたが、サンドエンペラーの腹に飲まれた以上、生存確率は高くはなさそうである。

「な、何をしているのだ！　バリィ！　貴様、裏切ったのか!?」

バリィの奇行を目にしたリコが、声高に非難の声を上げる。

当たり前の話だ。

あまりの衝撃的な出来事に周囲にいた味方は、どう反応して良いのか分からずにポカンと立ち尽くしているようであった。

「リコよぉ。言っておくが、オレがこうなっちまったのは、ぜ〜んぶ、お前のせいなんだぜ？」

「貴様……。何を言って……」

「自分の思い通りにならない世界なんてクソだと思わないか？　オレは決めたんだよ。誰に縛《しば》られることもなく自由に生きるってよ！」

異変が起こったのは、バリィが意味深な言葉を発した次の瞬間であった。

「フハハハハ！　力が、力が溢《あふ》れてくるぜえええええええええ！」

バリィの背中からはコウモリの羽が生えて、突如として空高くに舞い上がった。
いつの間にか肌の色が青黒く変色して、頭からは羊のようなツノが生えていた。

「バリィ。貴様、魔族に魂を売ったのか!?」

なるほど。
たしかに今のバリィの姿は、魔族と瓜二《うりふた》つである。
どうして人間だったバリィが魔族に姿を変えたのか？
事情はよく分からないが、状況がより悪化したことだけは間違いないだろう。

「ハハハ！　くらえ！　これがオレ様の本気だぜ！」

空高く飛んだバリィは、掌《てのひら》から紫色の煙を発射する。

見たことのない魔法だ。

こちらの攻撃が届かないのを良いことにバリィは、騎士団に向かって、一方的に魔法を発射する。

「な……。なんなのだ……これは……」

「体が……。動きませんわ……」

どうやら紫色の煙には、対象を衰弱させる効果が備わっているようである。

煙を吸い込んだ騎士団のメンバーたちは、一人、また一人と地面に倒れ込んでいった。

「ハンッ。どうして人間っていうのは、こう弱いのかね～。オレ様も、元々はクソ弱い人間だったと考えるだけで反吐《へど》が出るぜ」

どうやら今が反撃に移すチャンスのようだな。

敵が煙で攻撃してくるのであれば、こちらは、それを利用するまでである。

俺は息を止めながら、魔法の狙いを定めてやることにした。

「風列槍《ウインドスピア》」

そこで俺が使用したのは風魔法（中級）に位置する風列槍《ウインドスピア》の魔法であった。

風で作られた大きな槍は、周囲の煙を撥《は》ね除《の》けながら敵を攻撃するのには、うってつけの魔法である。

ビュオンッ！

一閃《いっせん》、俺の使用した風列槍《ウインドスピア》は、宙に浮いているバリィの方に向かって飛んでいく。

「んなっ……!?」

むう。間一髪《かんいっぱつ》のところで避けられてしまったみたいだな。

まさか地上から反撃を受けるとは、思ってもいなかったのだろう。

寸前のところで攻撃を回避したバリィは、額から冷や汗を流しているようであった。

「どうしてお前が無事なんだ！　雑魚《ざこ》のくせに！　意味が分からねえぞ！」

そういえば、バリィは言ったな。

俺とお前、どちらが男として上なのか、このクエストで決着をつけようと。

あの時の約束を果たす時がさっそく訪れたようである。

「勝負だ！　バリィ！」

「…………!?」

俺の言葉の意図することに気付いたのだろう。

挑発を受けたバリィは、ニヤリと黄ばんだ歯を覗《のぞ》かせる。

「ハッ……。まさか本当にお前と決着がつける時がくるとはな……。アイザワ・ユーリ！」

俺が剣を向けると、バリィも剣を抜いて勢い良く俺の元に飛びこんでくる。

二つの刃が混じり、火花が散る。

俺とバリィ、こうして思いがけないタイミングで決戦の火蓋《ひぶた》が切られることになった。

「どらぁ！　どらどらどらぁ！」

最初に攻撃を仕掛けてきたのはバリィであった。

ラッシュに次ぐ猛ラッシュ。

魔族の身体能力をフルに活《い》かした攻撃は、息を吐く暇もないほどに強烈なものであった。

「おらぁ！　どうだ！　オレ様の剣は！　手も足も出ないだろうがっ！」

たしかに凄《すさ》まじい攻撃である。

単なる力任せの攻撃とは違う。

バリィの剣技は、人間時代に培《つちか》ったと思われる、たしかな技術を感じさせるものであった。

「どうしてだ？」

「はあ……？」

「ここまで剣を扱えるのに、どうして騎士団を裏切った？」

剣技というものは、ある日、突然に才能が開花するというものではない。

ひたすらに地道な練習が必要不可欠なのだ。

おそらくバリィも、血の滲《にじ》むような過酷《かこく》な鍛錬に身を置いていた時期があったのだろう。

「ハンッ！　騎士団なんて、くだらねえなぁ」

俺の質問を嘲笑《あざわら》うように切り捨てたバリィは、攻撃の手を止めて、一時的に俺と距離を取る。

「知っているか！　選ばれた奴だけが入ることのできる闇の組織！　それが《ナンバーズ》よ！」

次にバリィの取った行動は、俺にとって少し予想外のものであった。

どういうわけかバリィは自らの手の甲に魔力を流して、数字の刻印を露《あらわ》にしたのである。

少し、驚いたな。

バリィの手の甲には『816』という数字が刻まれていた。

間違いない。

この数字の刻印は、ナンバーズに所属するメンバーにのみ与えられる特別なものである。

「お前みてぇな田舎者《いなかもの》には分からないだろうなぁ。この数字は選ばれしものに与えられた『最強の称号』だぜ！」


知っているぞ。

何故なら、俺が過去に所属していたのも、その組織だったからである。

しかし、『最強の称号』という言葉には同意できない。

嘘は良くないぞ。嘘は。

ナンバーズにおける数字は、それぞれ組織内での強さを表しているのだ。

つまり、バリィはナンバーズの中で、816番目に強い男ということになる。

どんなに言葉を取り繕《つくろ》っても、最強とは程遠い存在だろう。

「この世界っていうのは、結局のところ、強いやつが支配している。強いやつは、誰よりも自由さ。どうだ？　こうやって弱者を踏みつけても、強いオレ様には、文句の一つも言えないわけだ！」

地面に蹲《うずくま》る騎士の一人を踏みつけながら、バリィは言った。

「ぐあっ……。いてぇっ……。いてぇよっ……」

「バリィ様。お許し下さい！」

調子に乗ったバリィに踏みつけられた男たちは、それぞれ苦痛の声を漏《も》らしていた。

「なあ。お前もそう思うだろ？」

何を思ったのかバリィは、俺に対して唐突《とうとつ》に同意を求めてくる。

「匂《にお》うんだよな。お前はオレと同類だって！」


勝手な台詞《せりふ》を口にしたバリィは、再び俺に攻撃を開始する。

おいおい。

勝手に同類にしてくれるなよ。

たしかに『自由』を求めるという意味では、同類なのかもしれないが、流石《さすが》に一緒にされるのは抵抗があるぞ。


「お前は自由の意味を履《は》き違えているぞ」

「なに……!?」


大体、敵の力は分かった。

軽く力を込めて敵の剣を弾き返してやると、バリィは驚愕《きょうがく》の表情を浮かべていた。

強い人間であれば、何をしても良いというのは思い違いだ。

それぞれが好き勝手に生きれば、途端に世の中は無秩序《むちつじょ》になり、多くの人間たちにとって住みにくいものになってしまう。

自由とは、もっと高潔なものであるべきだ。

少なくとも俺が求めていた自由は、こんな薄汚れたものではなかったぞ。


「ここから先は俺のターンだ」


たしかにバリィは強い。

人間離れした身体能力に加えて、卓越した剣技を併《あわ》せ持っている。

だが、俺が今まで戦ったナンバーズの相手と比較すると、その実力は『中の下』といったところだろうか。

本気の力で迎え撃てば、決して倒せない相手ではないだろう。


「バカな……。こんなはずじゃ……」


いつの間にか戦況が劣勢に立っていることに気付いたのだろう。

バリィの表情には、焦りの色が浮かび上がっているようであった。

「終わりだ！」

敵の攻撃を完全に見切り、返す刀でカウンターの一撃を与えてやる。

元々は俺たちと同じ人間だったとはいえ、今のバリィは魔族に魂を売った奴である。

手加減をしてやる必要は全《まった》くないだろう。

「うがっ！　うがああ！」

俺の剣撃を受けたバリィの体は、吹き飛んでいって近くにあった岩に激突する。

全身の骨を砕いてやった感触が、手の中に残る。

おそらく内臓に対するダメージも相当あるだろう。

「ンガハッ」

致命的なダメージを負ったバリィは、口から大量の血液を吐き出した。
ふうむ。
いくら魔族とはいえ、この様子だと暫《しばら》く起き上がることはできないだろう。
ひとまず勝負の決着はついたみたいだな。
だがしかし。
勝敗が決したにもかかわらず、事態が好転するような様子が見えなかった。

「おいおい。どうすればいいんだよ……」

俺たちの周囲を覆《おお》っている闇の魔力は、依然として消えていない。
それどころか更に濃くなっているようであった。
今回のクエストの目的は、たしか、闇の魔力の発生源を探すことだったよな。
ふうむ。
特異点の発生の原因となっているのは、バリィではなかったということか。
異変が起こったのは、俺がそんなことを考えていた直後のことであった。

「ひえっ。お許し下さい。サリエル様……」

俺の攻撃を食らって、地面に蹲《うずくま》っているバリィが、何かに怯《おび》えているかのように呟《つぶや》いた。

「もう一度！　もう一度だけ！　オレにチャンスを！　貴方様《あなたさま》から力を頂ければ、あんな奴に負けません！」

んん？　バリィは一体、誰と会話をしているのだろうか。

サリエルという名前が聞こえた気がしたが、バリィが向いている方角には、全く人の気配がない。

「黙れ。お前はもう用済みだ」

「うがっ！　があああああああああああああああ！」

何者かの声が聞こえたような気がした次の瞬間、バリィの体は黒く変色して膨張《ぼうちょう》していく。

バリィの体を食い破って現れたのは、漆黒《しっこく》の羽を持った謎の男であった。

サリエル
種族　堕天使
性別　男
年齢　９３３

年齢９３３歳だと……!?
今まで俺が出会った人物の中では、間違いなく最高齢だ。
だが、その肉体は全く衰えている様子はない。
強者《つわもの》だけが放つ特有のオーラを強烈に放っていた。

「初めまして。アイザワ・ユーリ。いや、【ゼロのユーリ】と呼ぶべきでしょうか」
「…………？」

どうやらサリエルは、俺の名前を知っているようだ。
だが、腑《ふ》に落ちないことがある。

今、【ゼロのユーリ】と呼んだよな？

ユーリの部分は俺の名前だから分かるのだが、【ゼロ】の部分に関しては意味がよく分からない。

一体、どういう意図なのだろうか。

「何者だ？」

「いや。失敬《しっけい》。貴方がワタシを知らないのも、無理はありませんよ」

意味深な笑みを浮かべたサリエルは、俺にとって衝撃の台詞《せりふ》を言ってのける。

「なんせ貴方が組織で活躍していた時のワタシは『二桁《けた》』の雑魚《ざこ》だったもので。残念ながら【ゼロ】の貴方からすれば眼中になかったのでしょう」

おいおい。

この男、前世の俺を知っているのか。

たしかにナンバーズに所属していた頃の俺は、【ゼロ】の称号を与えられた唯一の人間だった。

ふうむ。

口振りから察するに、この男もナンバーズの一員なのだろうか。

ここで気になってくるのは、男に与えられたナンバーである。

今までの言動から考えても先程戦ったバリィよりは、遥かに格上のような気がするぞ。

「申し遅れました。ワタシはナンバー【04】のサリエルと申します」

「…………!?」

おいおい。この男、凄《すご》い数字を持っているんだな。

俺が組織に所属していた時代、一桁ナンバーを与えられたものは別格の実力者だった。

「貴方がここに来た理由は分かっています。水の巫女《みこ》『アクア』の救出。それこそが貴方の目的というわけでしょう？」

「ん……？　何を言っているんだ？」

俺が此処《ここ》に来た理由は、以前に見た夢のお告げの内容が気になったからである。
誰かを助けるつもりで来たわけではサラサラないのだけどな。

「ふふふ。惚《とぼ》けても無駄ですよ。貴方の魂胆《こんたん》は、全てお見通しですから」

異変が起きたのは、サリエルがパチンと指を鳴らした直後のことであった。
周囲を汚染していた闇の魔力の一部が取り払われて、元々あった美しい湖が姿を現した。

アクア
種族　精霊
性別　女
年齢　？？？

湖の中心部にいたのは、美しい青色の髪の女であった。

「ユーリ……さん……」

懐かしい声だ。

そうだ。俺はこの女の名前を知っている。

「アクア……。そうか……。お前だったのか」


思い出した。

瞬間、俺の脳裏《のうり》に前世の記憶の一部が流れ込んでくる。

彼女の名前はアクア。

前世の《剣聖》の時代に、長らくパーティーメンバーを組んでいた仲間の一人である。

夢のお告げの中に出てきて、俺をルミナリアに招いたのも彼女の思惑だったのだろう。

「ふふふ。彼女を堕落《だらく》させるには、闇の魔力が必要でね。そこにいるゴミを使って、生贄《いけにえ》となる人間たちを集めさせていたのですよ」


なるほど。

大まかではあるが、事情が見えてきた。

この《特異点》が発生した原因は、目の前にいるサリエルという男の仕業《しわざ》とみて間違いないだろう。

目的は水の巫女《アクア》を闇堕ちさせるため。

おそらくバリィは、サリエルにそそのかされて騎士団を裏切ったのだろう。

「どうですか？　昔の仲間が苦しめられているのを眺める気分は？」

「あうっ……。ユーリ……さん……」

闇の魔力はいつの間にか蛇のような形に変化して、アクアの体を蝕《むしば》んでいく。

「させるかっ！」

正直なところ、今の俺は前世のアクアに関する記憶を全て思い出せたというわけではない。

昔、一緒に冒険に行ったことがあったということ以外は、朧気《おぼろげ》なままである。

だがしかし。

目の前で仲間がピンチに陥《おちい》っているのに、冷静でいることはできなかった。

「縮地！」

俺は剣聖時代に培《つちか》った高速移動技術《縮地》を使って、アクアの元に駆けつける。

「かかりましたね！」

「…………!?」

異変が起きたのは、もう少しで俺の剣がアクアを縛《しば》る闇の魔力を引き裂けるかというタイミングであった。

突如として闇の魔力が噴き上がり、俺の体を雁字搦《がんじがら》めに拘束《こうそく》する。

「ふふふ。今、貴方《あなた》の体を束縛《そくばく》しているのは、これまで《特異点》の中で死んでいった人間たちの負の感情そのものだ！」

なるほど。
死んだ人間の肉体を利用しているのか。
今までにも似たような魔法を受けたことがあるな。
おそらく、これは《呪魔法》の一種だろう。
この拘束から抜け出すには、それなりに骨が折れそうである。

「…………！」
「加勢するぞ！　ユーリ殿！」

どこからか、聞き覚えのある声が耳に入る。
む。この声は、地面の下からか。

「ふんっ！」

モゾモゾと地面が揺れたかと思うと、硬質な岩盤にヒビが入り、中から見知った人間が顔を覗《のぞ》かせた。

マリウスだ。生きていたのか!?

このジイさん、無敵かよ。

てっきり俺はサンドエンペラーに飲み込まれたまま死んでしまったと思っていたのだが、思い違いであったらしい。

ダメージはというと、ところどころ衣服が破けているくらいで、ピンピンとした様子であった。

「闇の眷属《けんぞく》よ。我々、人類の命を弄《もてあそ》んだ報いを受けるが良い！」

凄《すさ》まじい闘気だ。

戦闘モードに入ったマリウスの筋力は活性化されていき、途端に若々しさを取り戻しているようであった。

「やれやれ。我々の戦いの間に入るとは、無粋《ぶすい》な人間がいたものですね」

想定外の出来事を受けても、サリエルはあくまで冷静な態度を崩さないでいるようであった。

二人の戦闘が始まる。

最初に動いたのは、マリウスであった。

「破《ハ》ァッ！」

マリウスは、着ている衣服が破けるほど筋肉を膨張《ぼうちょう》させると大きく地面を蹴《け》って、敵に向かって飛び掛かる。

目の冴えるような連撃。

マリウスの攻撃スピードは、今まで俺が見てきたどんな人間すらも超越する異次元のものであった。

「まずまず、五十点といったところでしょうか」

だがしかし。

恐ろしいことにサリエルは、その全ての攻撃を完全に見切っているようであった。

「それなりに惜しい人材ですね。魔族になって百年も修行すれば、二桁《けた》ナンバーを狙える才能はあったでしょうに」

「…………!?」


サリエルの攻撃。

マリウスの攻撃を見切ったサリエルは、カウンターの一撃を叩き込んだ。

まったく力みのない、ゆっくりとした動きのようにも見える。

だが、どういうわけかマリウスには反応することができなかった。

敵の攻撃を受けたマリウスの体は、目で捉えることができないほどの速度で、近くにあった岩盤に激突していく。


「ぐぼぁっ……!」


口から血を吐いたマリウスは、完全にノックダウンされてしまったようである。

強いな。これが現在のナンバー【04】の実力か。

先に挑んだマリウスも、俺から見て異次元の強さを誇っていた。

だが、それでも、まったく勝てるビジョンが湧かなかった。

間違いなく今まで俺が出会ってきた敵の中で最強だろう。

「さて。次は貴方の番ですよ。アイザワ・ユーリ。貴方は一体、どれくらい私のことを楽しませてくれますか？」

参ったな。

もしかしたら初めてかもしれない。

全力の力で挑んだとしても、勝てるビジョンがまったく浮かばない相手と相対することになるなんて。

「…………！」

異変に気付いたのは、俺が目の前で起きている異次元のバトルを受けて、呆気《あっけ》に取られていたタイミングであった。

（ユーリさん……。ユーリさん……。聞こえていますか……）

この声は、アクアか。
どうやら近くにいるアクアが、俺の脳内に直接語りかけているようである。

（思い出して下さい。貴方は世界を救った英雄なのです……！）

俺が、英雄？ この子は一体、何を言っているのだろうか？
前世の記憶を辿《たど》っても、そんな思い出はどこにも……。

「…………!?」

そうか……。思い出した。
もしかしたらアクアが魔法の力で、俺が記憶を思い出すための手助けをしてくれたのかもしれない。
その時、俺の脳裏《のうり》に過《よぎ》ったのは、最初に俺が異世界に転生した時の《魔帝》時代の記憶であった。

この記憶はたしか、仲間たちと一緒にパーティーを組んで『魔王城』に突入した時のことだな。

仲間たちの中に、水の巫女《みこ》『アクア』の姿を確認することができた。

そうだった。

最初に異世界に転生を遂《と》げた時代は、『魔王』と呼ばれる魔族のリーダーが世界を支配していたのだったな。

俺たち『勇者パーティー』は、共に協力することによって、魔王を打ち倒して、世界の平和を取り戻すことに成功したのである。

〈信じて下さい！　貴方が『本来の力』を取り戻せば、必ずサリエルを打ち倒すことができるでしょう！〉

たしかに今の俺は《前世》の最も強かった時に比べて、十分の一の力を出すこともできていない。

過去に持っていた力が戻れば、この強敵を打ち破ることができるはずだ。

【スキル：英雄の記憶を獲得しました】

その時、俺はステータス画面に新スキル獲得の文言が表示されるのを見逃さなかった。

英雄の記憶　等級ＳＳＳ

（世界を救った人間にのみ与えられるスキル。全ての戦闘能力が三倍に向上する）

ぬおっ。なんだ、このスキルは!?

もの凄《すご》い効果が書いてあるな。

書いてある文章をそのまま受け取るなら、パワーも、スピードも、魔力も三倍になるということなのだろうか。

「フハハハハ！　無様ですねえ。アイザワ・ユーリ。かつて史上最強の魔法剣士とすらいわれた貴方が、ワタシの魔法に手も足も出ませんか！」

闇の魔力によって拘束《こうそく》された俺を見下しながら、サリエルは言った。
史上最強の魔法剣士？　なんじゃそりゃ？
一体どういう場所で、俺はそんな呼ばれ方をしていたのだろうか。

「これで終わりだ！　漆黒死槍《ブラックスピア》！」

サリエルの攻撃。凄《すさ》まじい魔法攻撃だ。
弾速も、質量も、魔力も、全てが桁違《けたちが》いのものといってよい。
今まで俺が見てきた最強の魔法と比べても、それらが赤子に見えるほどの強烈な魔法である。

ドガッ！
ドガガガアアアアアアアアアアアアアアアアアアアアアアアアアアアアア
アアアアアアアアアアアアアアアアアアアアアアアアアアン！

俺の周囲に向かって無数に飛んできた漆黒の槍は、周囲に大規模な爆発を引き起こした。

「……やれやれ。伝説の男といっても、所詮《しょせん》はこの程度ですか。少々、期待をし過ぎていたかもしれませんね」


この攻撃で完全に決着がついたと『思い違い』をしていたのだろう。

ガックリと肩を落としたサリエルは、珍しく油断しているようであった。

その隙《すき》を俺は見逃さない。

どうやら『英雄の記憶』というスキルは俺が思っている以上に、規格外の性能を誇っていたらしい。

体が軽い。

今までは目で捉えきることのできなかった敵の動きが、途端にスローなものに変わっていく。


「なにっ！」


不意を衝《つ》かれたサリエルは、額から冷や汗を流しているようであった。

ふうむ。惜しかったな。

もう少しで首を断ち斬ることができたのだが、間一髪《かんいっぱつ》のところで攻撃を避けられてしまった。

パワーアップした俺の攻撃を躱《かわ》すとは、予想外だったな。

ナンバー【04】の実力は、伊達《だて》ではないということだろうか。

「ど、どういうことだ……!?　この男、先程までとは、まるで別人……!?」

俺は動揺《どうよう》して、動きが鈍くなっているサリエルに対して猛攻撃を仕掛けていく。

「覚悟しておけ！　今の俺は三倍速いぞ！」

「クッ……。このっ……！」

必死の形相《ぎょうそう》で防御するサリエルであるが、この勝負、僅《わず》かにではあるが俺の方に分があるらしい。

達人同士の戦いというのは、案外、一瞬で決着がつくものなのかもしれない。

度重《たびかさ》なる剣撃によって、上手《うま》くガードを崩すことができたようだ。

絶好のタイミングを見つけた俺は、たった今、思い出したばかりの剣技を叩き込んでやることにした。

「剣聖秘奥義！　三ノ型――《三叉連撃《トライデントクロス》》！」

剣聖秘奥義とは、《剣聖》時代に俺が編み出した合計で七つの剣技である。
その難易度は数字が上がるごとに向上していく。
三ノ型――《三叉連撃《トライデントクロス》》は、全力の一撃を同時に三回与えてやるという、ある種の矛盾《むじゅん》を孕《はら》んだ剣技である。
この剣技を使えるのは、全ての能力を三倍にするという『英雄の記憶』のスキルを持った俺くらいのものだろう。

「んなっ⁉」

俺の剣技を前にしたサリエルの表情は、途端に絶望に変わっていた。
この特殊な剣の軌道を初見で見切ることは不可能だろう。

ズガッ！

　ズガガガアアアン！

　俺の剣は、硬質に変化したサリエルの皮膚《ひふ》を引き裂いていく。

「おのれ……！　おのれええ！」

　断末魔《だんまつま》の叫びを上げたサリエルは、無数の黒い粒子となって消えていく。

　何故だろう。

　確実に仕留めたはずなのに、命を奪ったという実感が湧かない。

　少し手応えに違和感があったな。

「…………!?」

身代わりの札　等級ＳＳ
（魔力を込めることで、一度だけ自身のコピーを作り出すことができる。コピーは使用者の半分の力を出せるようになる）

その時、俺はサリエルの肉体が消失した後に、アイテムが出現したことに気付く。
シュゴオオオオオオオオッ！
突如として出現した『身代わりの札』は、黒色の炎に包まれて、焼失していく。
なるほど。
先程、倒したのは分身で、サリエルの本体ではなかったということか。
道理で手応えを感じることができないはずである。
ふうむ。
あれだけの力を持ちながら、まだ半分の力しか使っていなかったということか。
もっと鍛えて、力を付けていかなくては。
次に本体と会った時には、負けるのは俺の方かもしれない。
なんとか激戦を切り抜けた俺は、最後にそんなことを思うのであった。

アイザワ・ユーリ

固有能力　魔帝の記憶　剣聖の記憶　英雄の記憶

スキル　剣術（超級）　火魔法（超級）　水魔法（超級）　風魔法（上級）　聖魔法（上級）

呪魔法（超級）　無属性魔法（上級）　付与魔法（上級）　テイミング（超級）　アナライズ　釣り（初級）

10話 水の巫女のお告げ

でだ。

無事にサリエルの分身を撃破したまでは良かったのだが、一つだけ問題点が残されているようだな。

むう。

てっきりサリエルを倒したら解決するものだと思っていたのだが、《特異点》の中の闇の魔力が晴れていないようである。

まずいな。

おそらく長時間《闇の魔力》に触れて、体が弱ってしまったのだろう。

同行していた騎士団のメンバーは意識がなくなって、衰弱しているようであった。

「ユーリさん……」

現在、意識のある人間は、彼女くらいだろうか。

声のした方に目をやると、俺の方を見つめる青髪の美女の姿がそこにあった。

「アクアか」

「ユーリさん、私、信じていました。貴方《あなた》なら必ず助けてくれると」

「…………」

いまひとつ、状況を呑《の》み込めないな。

彼女が前世の俺が、《魔帝》と呼ばれる時代に連れ添った仲間であることは、思い出すことはできた。

だが、幾つか俺の知っている情報と食い違っている部分がある。

俺の知っているアクアは、普通の『人間』であった。

アクア
種族　精霊

性別　女
年齢　？？？

だがしかし。

アナライズのスキルによると、現在の彼女の種族は『精霊』と表示されている。

初めて見るケースだ。

年齢の部分は『？？？』と表示されているな。

常識的に考えれば、前世の知り合いだった普通の人間が、現代にまで生きているのは考えにくいことである。

「ユーリさんが驚くのも無理はありませんね……。今の私は普通の人間の女の子ではなくなってしまいましたから」

どこか寂しそうな眼差《まなざ》しのまま、アクアは言った。

「今のお前は、精霊なのか？」

「はい。この世界では適性のある人間が、死後《精霊》となって生まれ変わることがあるのです。私は、この世界の十一代目となる《水の精霊》に転生したのです」

なるほど。

俺が《転生の魔石》を使用して、寿命《じゅみょう》を延ばしたものとは別の方法で、アクアも現代に生き長らえたというわけか。

ふうむ。

こういうケースが存在しているのは想定していなかったな。

もしかしたらアクア以外にも、過去の仲間が生きている可能性があるのかもしれない。

「世界の破滅ってなんだ？　どうして俺を呼び出したんだ？」

大きな疑問が解けたところで、続けて気になっていたことを尋ねてみる。

「……簡単に言うと《ナンバーズ》が、私たち精霊族の力を悪用するために動き始めたのです」

それからアクアは、現在この世界で起きていることを事細かく説明してくれた。

曰《いわ》く。

この世界には《火》《水》《風》《呪》《聖》という、それぞれの魔法属性に対応する五種類の精霊が存在しているらしい。

世界の誕生にも密接に関わったとされている五大精霊は、魔力《マナ》をコントロールするのに重大な役割を果たしているのだという。

もともと《精霊族》は、人間や魔族を大きく上回る力を持っていたので、世界の均衡は保たれていたのだとか。

だがしかし。

ここ数百年の間に《ナンバーズ》メンバーは、大きく力を付けてきており、一部の上位メンバーは、《精霊族》すらも凌駕《りようが》するようになったのだという。

「もしも我々《精霊族》が闇の魔力によって堕落《だらく》することになれば、世界は破滅に向かって進んでいくことになるでしょう」

なるほど。

夢の中で言っていた『世界の破滅』というのは、そういう意味だったのか。

アクアの言葉が真実であるなら、たしかに世界は危機的な状況に陥《おちい》りつつあるのかもしれない。

「お願いです！　ユーリさん！　次は火の巫女《みこ》《フレア》の元に向かって下さい！　私の予想が正しければ、次に狙われるのは彼女になるでしょう」

火の巫女《フレア》か。

なんとなく聞いたことがある名前のような気がするな。

もしかしたら彼女も、アクアと同じように前世の仲間の一人だったのかもしれない。

「嫌だぞ。普通に断る」

「…………!?」

何故だろう。

素直に気持ちを伝えてやると、アクアは少し驚いたような表情を浮かべていた。

「……理由を聞かせてもらっても良いですか？」

「悪いが、世界の平和とか、人間と魔族の争いとか。そういうことには興味ないんだ。今の俺は自分のやりたいことをやる。それだけだからな」

たしかに世界が破滅に向かうのは困る。

だがしかし。

面倒な『しがらみ』を抱えて生きていくのは、もっと困るのだ。

俺は前世でそういう『何かに縛《しば》られる生き方』に散々と苦しめられてきたからな。

今回の人生では、１００パーセント自分のために生きていくと心に決めていたのである。

「ふふふ。変わりましたね。ユーリさん」

俺の答えに納得することができたのだろうか。

約束を断られたにもかかわらず、どういうわけかアクアの表情は晴れやかなものになっているようであった。

「悪いな。力になってやれなくて」

「いいえ。嬉しいです。前世の貴方《あなた》はずっと『誰かのために戦っていて』辛《つら》そうにも見えましたから」

「…………」

なるほど。

仲間の目から見ても、俺はそういう風に見られていたのか。

その時、俺の脳裏《のうり》に過《よぎ》ったのは《魔帝》と《剣聖》と呼ばれていた時代の前世の光景であった。

一度目の人生の俺は《勇者パーティー》に所属をして、この世界を表から救おうとしていた。

二度目の人生の俺は《ナンバーズ》に所属をして、この世界を裏から救おうとしていた。

だがしかし。

どちらの人生でも、俺の努力は決して報われることがなかった。

誰かに裏切られ、『化物』と呼ばれて、蔑《さげす》まれてきたのである。

「もうすぐ貴方の、仲間たちが起きる頃でしょう。その前に、この場所を『本来あるべき姿』に戻しましょうか」


異変が起こったのは、アクアがパチンと指を鳴らした次の瞬間であった。

周囲に漂う空気の匂《にお》いが変わっていくのが分かった。


「おおー」


思わず、感嘆《かんたん》の声を漏《も》らしてしまう。

これが《エリーゼの湖》の本来の姿というわけか。

生命力を取り戻した草木は謡《うた》うようにして、揺れ動いている。

どこまでも広がる澄んだ湖は、空の色を映してキラキラと輝いていた。

この美しい光景を見られただけでも、今回のクエストを受けた甲斐《かい》があったというものだろう。

「んんっ……。ここは一体……？」


ふむ。どうやら元気を取り戻したのは、周囲の自然だけではなかったようだな。

闇の魔力が取り払われたことによって、衰弱の効果が薄れたのだろう。

クエストに同行していた騎士団のメンバーが、次々に意識を取り戻しているようであった。


「なぁぁぁ！　どうしてアクア様がここに!?」


最初に声を上げたのは、リコであった。

街で見かけた石像とは訳が違う。

正真正銘《しょうしんしょうめい》、生身のアクアの姿を目の当《ま》たりにしたリコは、打ち上げられた魚のように口を上下にパクパクと口を動かしている。


「お、おい！　アクア様！　アクア様だって!?」

「どうして水の巫女様がここに!?　本物なのか!?」

異変に気付いた騎士団のメンバーが、次々と驚きの声を上げている。

「うふふふ。初めまして。私、水の巫女《アクア》と申しますわ」

「「しゃべったあああああぁぁぁぁぁ!?」」

アクアが喋《しゃべ》る光景がそんなに珍しいのだろうか。

声を聞いただけで、騎士団のメンバーは、大騒ぎになっている。

「も、もしかしてアイザワ・ユーリは、本当にアクア様と知り合いだったということですの!?」

「……流石《さすが》の私も予想外だ。ユーリ殿はどこまで私たちの常識を壊していくというのだ!?」

俺たちの姿を目の当たりにしたクラリスとリコは、それぞれ驚きのリアクションを取っている。

そういえば二人は、俺がアクアと知り合いだったと言っても頑《かたく》なに信じてはくれなかったな。

ようやく俺が嘘を吐いているわけではないと、分かってもらえたようで何よりである。

「ユーリさん。それでは、私はこれで」

「もう、行ってしまうのか？」

「はい。魔のものたちは、直ぐにでも私を追ってくるでしょう。姿を隠さなければなりません」


なるほど。

ナンバーズの狙いは《五大精霊》を闇堕ちさせて、力を悪用することにあるらしいからな。

アクアとしては一刻でも早く、安全な場所に避難しなければならないという気持ちがあるのだろう。

「ユーリさん。最後に一つ、お願いがあるのですけど、良いでしょうか？　少し横を向いていてくれませんか？」

「ああ。こういうことか？」

言われた通りに横を向くと、不意に俺の頬《ほお》が熱を帯びていくのを感じた。

んん？　これは一体どういうことだろう？

どうやらアクアは、唇を俺の頬にくっつけてきたらしい。

「ふふふ。悲しいです。やはり忘れているのですね。私たち、前世では恋人同士だったのですよ？」

「なんの真似《まね》だ？」

はて。恋人、とは一体なんのことだろうか。

悪戯《いたずら》っぽい笑みを浮かべたアクアは、意味深な言葉を残した後、スッとどこかに消えていく。

前世の記憶を辿《たど》っても俺の中には、アクアと恋人だった時の思い出は見つからないのだけどな。

おそらく最後の言葉は、彼女なりの冗談というやつなのだろう。

「「「なっ。なあああああああああああああ!?」」」

おそらくギャラリーたちは、アクアの冗談を真に受けてしまったのだろう。

それから暫《しばら》くの間、俺の周囲は狂騒の渦《うず》に包まれることになるのだった。

エピローグ

ユーリの矜持

To tell the truth, F-rank magic swordsman is the strongest!

それからのことを話そうと思う。

無事に《特異点》の探索クエストを終わらせた俺は、《ルミナリア》の街で宿泊をした後、直ぐに街を発《た》つことにした。

『ユーリ殿。此度《こたび》はキミの活躍に感謝する。キミのおかげで我が国は窮地《きゅうち》を乗り切ることができた』

ああ。そうそう。

宮廷魔術師のマリウスからは、国を挙げて感謝のセレモニーを開催したいという申し出があったのだが、丁重に断りを入れておくことにした。

これ以上の注目を浴びると、後々に面倒なことに巻き込まれるような気がするからな。

クエストの成功報酬《ほうしゅう》である３００００００ギルも獲得できたので、それだけでも今回の遠征は大成功だったといえよう。

「ユーリ殿。ルミナリアに残らなくても良かったのか？」

スカイドラゴンに乗ってリデイアルの街に戻っている途中、リコが質問を投げかけてくる。

「んん？　どうしてそんなことを聞くんだ？」

「アクア様のことだ。ユーリ殿にとって、大切な人ではなかったのか？」

「…………」

リコに尋ねられて、改めて俺はアクアのことを考えてみる。

たしかに前世の俺にとって、アクアは掛け替えのない大切な仲間だったのかもしれない。

「いや、『今の俺』にとってはそうでもないさ。俺の人生は俺だけのものだから」

前世の『しがらみ』を今の俺が背負う必要はないだろう。

今回の人生での俺は、誰よりも自由に生きると決めたのである。

「むう。ユーリ殿の言葉はいつも難しいな。もっと私にも分かるように説明してほしいぞ」

「今の俺にとっては、リコの方が大切だという意味だ」

「〰〰〰〰ッ！」

んん？　これは一体どういうことだろうか？

正直に思いの丈《たけ》を伝えてやると、リコの顔は赤く染まっていく。

「そ、それは一体どういう意味なのだ……？」

「どういう意味も何も、言葉通りの意味で受け取ってもらって構わないぞ」

今回の人生においてはアクアよりも、リコの方が一緒に過ごした時間が長いのだ。

二人を比較した場合、リコの方を大切に思うのは当然といえるだろう。

「むう。ズルいぞ。ユーリ殿。そこまで言われたら私も、本気にしてしまうかもしれないぞ……」

リコは俺に聞こえないような小さな声で、ゴニョゴニョと何事か呟《つぶや》いているようであった。

後ろから手を回して俺に抱き着いているリコの体が、熱を帯びていくのが分かる。

俺たちを乗せたスカイドラゴンは、どこまでも青い大きな空に向かって羽ばたいていくのだった。

あとがき

柑橘《かんきつ》ゆすらです。

『魔法剣士』4巻、如何《いかが》でしたでしょうか。

3巻に引き続き、ストレスフリーでサクサク進行の物語を心掛けております。

1巻のあとがきから宣言している『お色気シーンに頼らない』という目標も無事に継続している最中です。

シリーズを立ち上げた当初は、ユーリのキャラをいまひとつ摑《つか》めていなくて、書くのに苦戦することが多かった本シリーズですが、今になってようやく手に馴染《なじ》んでいるな、と感じています。

他シリーズに比べて、体感二割増しで筆が進んでいる感じです。

前巻はフィルにスポットライトを当てた話だったので、今回の話はリコをメインにしてみました。

おそらく読者人気的には、フィルよりもリコの方が、高くなるような気がしますね。

実際に人気投票をして確認したわけではないですが、なんとなく二人の人気はダブルスコアがつきそうな予感です（笑）。

作者的には同じように力を入れて書いているキャラなのですが、キャラ人気というのは時に残酷《ざんこく》で、作中の役回りによって大部分が決定されるものなのだと解釈をしています。


さて。ライトノベルの4巻というと一つの山を越えた感じがあります。

正直、私も1巻の発売直後の売上を見た感じだと、このシリーズは出せて3巻までかな、と思っていたので長期シリーズになってくれたことに驚いています。

コミックのヒットによって、小説に興味を持ってくれた読者の方も多いと思うので、そのおかげかもしれません。

もしもコミック未読の方がいましたら、来月発売のコミック5巻の方も何卒《なにとぞ》よろしくお願いします。


それでは。

次巻で再び皆様と出会えることを祈りつつ――。

柑橘ゆすら

この作品の感想をお寄せください。

あて先　〒101-8050　東京都千代田区一ツ橋2-5-10
集英社　ダッシュエックス文庫編集部　気付
柑橘ゆすら先生　青乃 下先生

ダッシュエックス文庫

史上最強の魔法剣士、Fランク冒険者に転生する4
～剣聖と魔帝、2つの前世を持った男の英雄譚～

柑橘ゆすら

2021年7月26日　第1刷発行

★定価はカバーに表示してあります

発行者　北畠輝幸
発行所　株式会社　集英社
〒101-8050　東京都千代田区一ツ橋2-5-10
03(3230)6229(編集)
03(3230)6393(販売／書店専用) 03(3230)6080(読者係)
印刷所　凸版印刷株式会社

ISBN978-4-08-631426-8 C0193

異世界で無双する!!
シリーズ累計
50万部
突破!!

最強×転生
The strongest
The reincarnation
最強の魔術師が、異世界で無双する!!
超規格外学園魔術ファンタジー!!
劣等眼の転生魔術師
~虐げられた元勇者は未来の世界を余裕で生き抜く~
柑橘ゆすら
illustration
ミユキルリア
The reincarnation
magician of
the inferior eyes.

STORY

生まれ持った眼の色によって能力が決められる世界で、圧倒的な力を持った天才魔術師がいた。
男の名前はアベル。強力すぎる能力ゆえ、仲間たちにすらうとまれたアベルは、理想の世界を求めて、遥か未来に魂を転生させる。
しかし、未来の世界では何故かアベルの持つ至高の目が『劣等眼』と呼ばれ、バカにされるようになっていた！　ボンボン貴族に絡まれ、謂れのない差別を受けるアベル。だが、文明の発達により魔術師の能力が著しく衰えた未来の世界では、アベルの持つ『琥珀眼』は人間の理解を超える超規格外の力を秘めていた！
過去からやってきた最強の英雄は、自由気ままに未来の魔術師たちの常識をぶち壊していく！

シリーズ累計80万部突破！

原作小説1～5巻
大好評発売中！
集英社ダッシュエックス文庫

ジャンプ＋でコミカライズも連載中！

コミックス①～⑥巻
大好評発売中！

漫画でもアベルが異世界無双!!

隔週日曜日更新予定

今すぐアクセス！

原作／柑橘ゆずら
漫画／峠比呂　コンテ／猫箱ようたろ
キャラクター原案／ミユキルリア

王立魔法学園の最下生
～貧困街《スラム》上がりの最強魔法師、貴族だらけの学園で無双する～
大好評発売中！
原作 柑橘ゆすら
漫画 長月郁
ヤングジャンプコミックス
週刊ヤングジャンプにて
大好評連載中！
原作 柑橘ゆすら
漫画 長月郁
2
王立魔法学園の最下生

超規格外の
完全無双
学園ファンタジー!!
コミックス1～2巻
王立魔法学園の
最下生
2
原作小説1～2巻も
大好評発売中!!
柑橘ゆすら
イラスト 青乃下
キャラクター原案 長月郁
集英社ダッシュエックス文庫